足足 ◎ 著

花开几许

中国华侨出版社

北京

目 录
CONTENTS

脂胭泪…………………… 001	油纸伞下的姑娘………… 167
梧桐叶雨………………… 072	茶………………………… 169
太阳在地平线上升起…… 122	无题……………………… 170
花开为谁落……………… 156	一纸墨香………………… 172
时光……………………… 158	影子……………………… 174
晨………………………… 159	又是,春天……………… 175
听那雨声………………… 161	桃花依旧笑春风………… 177
青鸟歌…………………… 163	若………………………… 178
让灵魂歌唱的女子……… 164	缝………………………… 179
你若是丁香……………… 166	酒………………………… 180

不……………………………… 181	情劫……………………………… 190
孤……………………………… 182	影子……………………………… 192
开……………………………… 183	云………………………………… 194
秋……………………………… 184	拜佛……………………………… 195
无题……………………………… 186	心中的树………………………… 196
海燕……………………………… 187	附录：人生短句………………… 198
拥抱炊烟………………………… 188	

脂胭泪

残阳泣血般地在河水上方诠释着生命的颜色,红红的光芒将天空涂抹得火热激荡。

她——爱新觉罗·脂胭,站在永定河畔,面对浑浊翻腾的河水,美得绝尘的那张脸如雪般冰冷和平静。

她在等。她知道他一定会来,按照日子算,他今天一定会赶回来的。那么,他看到那封信后,知道她的决定,一定不会就这么让她走的,一定会不惜一切代价,不计后果地找到她。到时,不知又有多少人会被牵连其中,与其累及无辜,不如就在此做一个了断。

起风了,长长的秀发被风吹得向后飘飞着,月白色丝绸小衫下那宽大的红裙也一同飞扬着。

身后,黄沙突起,马蹄阵阵,席卷而来。

跑在最前面的那匹乌黑马,马头被缰绳拽得高高地扬起,仰天一声长鸣。在马上端坐着的陆雄飞,面容虽然很疲倦,但也难以遮住英俊的神采,眉宇之间更是有着一股慑人的威严。

陆雄飞翻身下马,军黄色的斗篷罩住他高大的身材。他一步步走向她。

两个人相隔几步。

爱新觉罗·脂胭转回身，冷冷的目光望着眼前的这个男人。

"一定要走，是吗？"陆雄飞紧紧盯着脂胭，眼中有着太多的深意和痛苦。

脂胭没有说话，目光里的坚定，已经告诉了他，去意已定。

两个人互相对望着，互相沉默着。

残阳又往下沉了些，渐渐地和河水融为一处。河上颠颠荡荡冲过来一条船，水势很大，船犹如一叶浮萍，轻盈得似乎没有一丝分量。船头站着的那个人，陆雄飞依稀认出他是谁。

"你跟他走，是吗？"陆雄飞声音有些嘶哑，有些颤抖。他才从战场上厮杀下来，又马不停蹄地往回赶路，有的何止是人困马乏？身体上的苦痛也许算不了什么，但精神上的刺激也许瞬间能把人击垮，哪怕他是铁铮铮的硬汉。

脂胭依旧没有说话。

当无法回答、不想回答或者是没有必要回答时，沉默无语是最好的答案。

"闪开，给爱新觉罗·脂胭让路！"突然一声大喊，声音像是从陆雄飞的胸膛里直接炸出似的。士兵们谁也没有动，他们都知道少将最爱的女人是脂胭，他们搞不清楚少将说的是不是气话，只是说说而已。士兵们的目光投向少将身后的副官何少卿。

"少将！"副官何少卿上前几步，低声唤着陆雄飞。他想阻止少将的一时之气。

见少将视他如无睹，他的目光转向了脂胭。

"二少奶奶，跟我们回去吧，一家人，这是何必哪？你和少将真的是误会，误会！"何少卿恳求的目光落在脂胭的脸上，眼里闪动着泪花。

脂胭的心在这一刻微微地动了一下，有些热的东西在向上涌动着。

陆府两年的生活，她看过太多的脸色，也揣测着太多人的心思，唯独能让她紧绷着的弦完全松下来的，只有副官何少卿。她在他的眼中看到的只有真诚。

她的眼角湿润了，也只是湿润了。

因为，陆雄飞站在她的眼前，她的泪流不出来，她也不再有泪。

她望着陆雄飞，也只是静静地望着。

她看不见他眼中的血丝，看不见他脸上强抑的痛楚，也看不见他一身的憔悴。她看见的只有白烛后额娘那张寡白寡白的脸，还有那滴没有完全干的泪。她看见孪生的弟弟，阿玛唯一的儿子，就那么在她眼前倒下了，任她怎样哀求，也无法让他的枪口偏移。

恨！她对他只有恨！是的！只能是恨！也只有恨！

凄厉一声尖叫，一只鹰从上空俯冲下来，转即又盘旋上去。突然，她从陆雄飞的腰间"哐啷"一声拔出佩剑，在众人惊愕下，雪亮的剑刃在如云的秀发上快速地划下去。

她的手中多了一把长发，"当啷"一下，她把那把剑重重地扔在陆雄飞的脚下，手向空中一抖。

"发断情意断，从此君不见！"脂胭凌厉的话随同手中的断发一起抛向空中。

"听到没有,全部让开!违令者军法处置。"怒吼再次响起,陆雄飞的两只眼睛像喷着两团火,红红的,很是吓人。

少将如此激动,只有在战场上才见到少将如此。

"唰"的一下,士兵们似被刀劈开一样,齐整整地闪到了两旁,中间宽阔地让出一条路来,直通向已等在河边的那条船。

爱新觉罗·脂胭毅然决然地走向那条船。

她清楚自己从此之后将永远和陆府没了关系,和陆雄飞没了关系,她的过去随着船去而飘走。

她——爱新觉罗·脂胭格格,在船离岸的那一刻、那一秒,流下了眼泪。她不明白自己为什么会流泪,自己的心不是已经死了吗?

一个心如死灰的人怎么还会流泪,还会有泪?

船渐行渐远,夜色笼罩了河面,也笼罩了河岸。

一

光绪三十三年,宝郡王府。

侧福晋白云裳院内的那几株西府海棠,爆满满地开了一院,红得喷火的花朵压弯了枝头。丫鬟、老妈子端着一盆盆水急匆匆地进进出出,每个人的神色都是紧张和慌乱。

正房内,大福晋如意正坐也不得坐,站也不得站,手里的紫色丝绸绣花小绢已是被拧得皱皱巴巴,失了先时的艳丽。

帘栊撩起,胡太医从东里间屋低首走了出来,才要向大福晋如意行礼,却被大福晋急急地拦下。

"免了，免了，怎么样？"大福晋语气急切，面色因紧张而有些微红。

"回禀福晋，侧福晋恐怕是不太好。"胡太医小心翼翼地答道。

"不太好？不太好是什么意思？那孩子呢——孩子能不能生下来？"福晋左手紧紧撑着身旁的椅背，眼睛已然红了，用渴盼的目光望着胡太医。

"侧福晋身子先天本就虚弱，再加上忧思过度，郁结难舒，早已气血两虚，双生子对她而言，犹如过虎狼关。"胡太医一字一句重重地落在福晋如意的耳中。

"那么，孩子、大人到底有几成希望？"福晋的声音有些颤抖。

"也只能是尽人事、听天命了。"

"我要你无论如何也要保住孩子，王爷尚未有子嗣……你，明白吗？"福晋眼中凌厉的光芒停留在胡太医的脸上。

"是，卑职尽力。"

"不是尽力，是——一定！你——懂吗？"福晋加重了语气，神态高贵稳重。

胡太医没敢抬头，嗫嚅地说了声"是"，便转身又去了东里间屋侧福晋白云裳的寝房。

夕阳穿过薄如蝉翼的窗纸，映红了半间屋子，温暖柔润的光平洒在侧福晋白云裳的床前。侧福晋白云裳此时神思恍惚，气息微弱，长长的头发散乱着湿漉漉地浸湿了颈下白色绣花软枕。面色苍白无血，唇上有被咬过的血痕，整个人躺在宽大的描金镂花紫檀软床上显得那么柔弱纤小，了无生气，仿佛随时都可以在这间香气缭绕、布置奢华的屋子里消失。

"这碗汤药务必给侧福晋喂下去,再把这几片参片全含在她的口中。"胡太医对端汤药进来的嬷嬷吩咐着,打开随身的小药箱,从针盒里抽出几根银针,分别对着白云裳的合谷穴、三阴交穴、支沟穴、太冲穴扎了下去。

"云裳,云裳……"一阵低低熟悉的声音在白云裳恍惚的意识里响起,白云裳顿时惊醒过来,睁开眼睛,只见在床前那团柔和的光影里,一个再熟悉不过的人影立在那里,那双她日思夜想的眼睛亮亮地看着她,就像春日里那湖潭水,温暖柔和。

"子欧,是你吗?真的是你吗?"白云裳猛地欠起了身子,话一出口,已是双目流泪。

"是我,云裳,你还好吗?"声音低沉,温柔湿润,凌子鸥弯下腰,握住白云裳冰凉的手。

"我……"白云裳哽咽难言,神情哀伤凄清,令人望之心碎。

"云裳,坚强些,把孩子生下来。"凌子鸥唇边扬起一抹若有似无的笑,"为我活下去,好好地活下去。"凌子鸥的目光坚定,一如当年战役前离别时的目光。

夕阳洒进屋内的那抹光,渐渐地在流失,凌子鸥紧紧握着白云裳的手慢慢地失去了力度,人随着最后的那抹光影消失而去。

"不!子欧,你别走!你别走!"哀婉凄厉的声音在屋子里盘旋。

"侧福晋,您怎么了?您在喊谁?"丫鬟蕊儿急急唤着白云裳,温度适宜的毛巾轻轻擦拭着白云裳额上沁出的汗。

剧痛重又席卷而来,白云裳痛苦地辗转呻吟着。

"侧福晋,用力呀,孩子的头已经出来了……"

响亮的婴儿啼哭声,穿透着这间屋子。

"恭喜福晋,贺喜福晋,侧福晋生了,是一个格格和一个阿哥!"蕊儿兴奋地跑到正屋,告诉福晋如意。

"哦,哎呀!那太好了,我去瞧瞧!"福晋如意方才的紧张不安立即不见了踪影,脸上溢满了笑容,如夏日的石榴花,灿烂喜庆。她自奉旨和宝郡王成婚十几年以来,一直未曾生养,王爷无后,她自惭不已,如今侧福晋生了一对龙凤胎,她毫无嫉妒之心,由衷为王爷高兴。

按照皇室的规矩,生产时产房乃血气之地,是不能进的,所以福晋如意一直在正房里守候。侧福晋已然生产,福晋如意自然也就能进了。

福晋如意刚走进屋内,刘太医慌张地迎了上来:"侧福晋血崩,血根本止不住……"

福晋如意闻言大惊,冲到白云裳的床前:"云妹妹,云妹妹,你怎么样?你醒醒啊?"福晋如意连声唤着白云裳。

此时已经气若游丝的白云裳,缓缓睁开了眼睛。生下双生子,已拼进了她所有的力气,她体内的精华已随着婴儿的出生而流走,剩下的只有那么一口还未散去的气。

"福晋,替我好生养育我的孩子……"白云裳流下了眼泪。

"快别这么说,你只不过是出血多些,有些虚罢了,调养些时日,定能恢复元气。"福晋如意擦拭着白云裳眼边的泪珠,安慰道。话虽如此说,自己心里也是酸酸的,百般难受。

"福晋不用安慰我,只善待他们即可。"白云裳大有离去之象。

"云妹妹……"福晋如意望向窗外,顿了顿,"王爷已快赶回京了,想必现在已进城门了,你好歹见上一面。"

"已经如此,见与不见,又能怎样?"白云裳凄然一笑,"福晋,我还有一事相求,望福晋成全。"

"云妹妹,快别这么说,你我姐妹一场,什么求不求的,有什么能做的,我定会为你去做。"

白云裳的声音更低了,福晋如意把耳朵附到她的嘴方能听到。

"这……"福晋如意面露难色。

"还望福晋成全。"白云裳又再次流下了眼泪。

"好吧,我再难,也会遂了你的心愿。"

一对婴儿粉白脂嫩,在乳母的怀里嗫着粉红的小嘴,甚是可人,我见犹爱。

月慢慢地升了上来,月光如水。

侧福晋白云裳静静地躺在那里,丫鬟婆子跪了一地,哭声一片。

福晋如意坐在一边淌着眼泪。

侧福晋白云裳入府这两年,虽说和她不像亲姐妹般地知心,无话不说,却也相敬如宾,两下相安无事。福晋如意生性本就豁达,出身书香世家,父亲曾是翰林院学士,教导独生女如意饱读诗书,品貌才兼得,和宝郡王也是举案齐眉。白云裳虽有宝郡王的万般宠爱,人也心高气傲,个性孤僻冰冷,却也人前人后唤她"福晋",对她尊敬有加。

如今,侧福晋白云裳就这么无声无息地去了,想来,这人赤条条来,终归也要赤条条去,不免想到自己的身后,兔死狐悲,唇亡齿寒,一时间竟情难自禁,抽抽噎噎哭了起来。

福晋如意止住了哭声,叫过管家福伯,低声一一吩咐着。

"不等王爷了吗?"管家福伯困惑地问。

"不等了,侧福晋生前交代过一切从简,我们就遂了她吧。"

"是。"福伯应声快步走了出去。

梆过三更。宝郡王府的后角门悄声打开,几个仆人抬着一个简易的棺材,行色匆匆往西山方向而去。

天亮时分,宝郡王赶了回来。

侧福晋白云裳已停柩在侧厅。宝郡王头伏在灵柩上,肩膀抖动着,他在强抑着自己的感情,在仆人们面前,他一个王爷,哭泣成何体统,但他对白云裳的喜欢偏爱,白云裳的骤然离去,让他有万剑穿心般之痛。

"王爷……"里间屋服侍白云裳的丫鬟蕊儿在宝郡王的询问下,拿出了几张粉红的信笺,"这是,侧福晋常翻看的东西。"蕊儿小心翼翼地递给了宝郡王。

"一夜风雨醉了海棠红,半分娇蕊半分伤情。娇蕊入君梦,伤情无人应……"字迹处模糊着点点的泪痕,想来,书写人写到此,情难自禁,潸然泪下。

"咳!你终不能忘了他,害你如此心神俱伤,早知如此,当初就应该一剑成全了你,何苦带你来王府走这一遭!孽缘!孽缘哪!"王爷一把把信笺撕个粉碎。

"王爷,你这又是何必呢?云妹妹,已经走了,人走账清,她总有

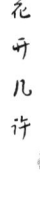

些不是，念在夫妻一场……"王爷一摆手，打断了福晋的话。

"丧事按照侧福晋的仪制去办，不必回我。"

西山的苍凉庙前，一位老妇人手领着一个七八岁的男孩迎风站着，脸上挂着深深的泪痕。

从宝郡王府出来的那几个人抬着棺材上了西山，顺着小路来到苍凉庙前。

"您是凌老夫人？"其中一个仆人对迎上来的老妇人问着。

"是，我是。"老妇人悲声地应道。

"那就好，宝郡王福晋让我们护送侧福晋的棺柩到苍凉庙，交给您。"

"云姑姑，云姑姑……呜，呜……"男孩挣脱了老妇人的手扑到了棺材上，放声大哭。

"那多谢你们了。"老妇人虽在悲痛之中，仍没忘了礼数，向宝郡王府的仆人们道谢。

苍凉庙住持了然师太手持一串紫黑色的佛珠，佛珠因在手上摩挲得久了，每颗珠子均泛着白光。"白施主前些时来庙里上香，曾和老尼闲聊过几句，白施主说，佛之最高境界，莫不是白马入芦花？我问她，作何讲？她笑着对老尼说，那就是你中有我，我中有你，你中无我，我中无你，天地不过浑然一片。白施主悟性极高，有佛性慧根，凌施主又何必如此悲伤呢？"了然师太对凌老夫人说道。

七日后，凌子鸥的母亲，凌老夫人怀抱着黑漆的坛子，带七岁的峰儿离开苍凉庙，回转老家。

时光荏苒，日月如梭，一转眼，白云裳的女儿，小格格脂胭已经长到了十岁。

"大丈夫不与小女子计较，更何况大丈夫还是一个领着千军万马的大将军！"脂胭歪着小脑袋瓜，童稚的声音清脆地在将军王天祥的马前响起。

"哈哈——好一张厉害的嘴,好一个伶俐的丫头！"王天祥哈哈大笑，方才的怒气早已消逝得无影无踪。

"说说吧，你阿玛为什么不给军饷？"王天祥在马上俯下身子，微眯着双眼。

"那我能问问大将军，军饷何用？"脂胭一脸的认真，此时她的神情全然不似一个十岁孩子应有的神情。

"带兵打仗，人吃马喂，买枪买炮，当然需要军饷了。"王天祥粗着嗓门说道。

"打仗？请问大将军，是自家人打自家人吗？"脂胭仰着小脸，因刚骑马赶回来，小脸粉红粉红的，一双黑又亮的眼睛毫无惧色地望着王天祥。

"这——咳，你个小孩子家懂什么，别跟着瞎掺和。"王天祥黑黑的脸色顿时加重了些。

"国家兴亡，匹夫有责，大将军怎能说是瞎掺和呢？"脂胭鼻孔轻轻哼了一声，鄙夷之色在她的小脸上一闪即过。她一把扯过跟她同骑一匹马回来，却一直藏在她身后的那个蓬头垢面，衣着褴褛的姑娘，看年纪那个姑娘比她略大几岁。脂胭语气有些愤怒地冲王天祥说道："她叫可心，可是她并不可心，她应该叫可怜才对！就是因为你们领兵的瞎打一通，她没有了家，还有——他。"脂胭用手指了指跟在自己身后、牵着马的粗壮男人，接着说道，"他本来应该有家，有老婆，有孩子，可是年年打仗，让他一无所有，他被炮火震傻了，他不知道自己是谁，是我阿玛把他带回来，留在王府，我叫他——憨大。"

脂胭眼中有了泪花，她的眼睛看上去更像是秋天的一潭湖水，幽深而又清凉。她吸了下鼻子：“现在，你们该明白我阿玛为什么不交军饷了，王府的银钱全部救济了最可怜、最无辜的那些人，我们没有更多的钱来支持你们自家人打自家人。"脂胭板着小脸，话语铿锵有力。

"你个黄毛丫头，说什么呢？"一个小头头模样的人瞪着眼睛，厉声骂道。

"哼，你们有枪，人人都怕你们，独我不怕你们，自家人打自家人，算什么英雄好汉！有本事你们把那些洋鬼子打出去，才算大本事，欺负手无寸铁的百姓——哼！"脂胭倔强地侧过脸去，双目望向遥遥下坠的落日。

"好！小小年纪竟有这等骨气，好丫头，叫什么名字？"王天祥冲着脂胭连连点着头。

"脂胭。"脂胭清脆地答道。

"脂胭，脂胭。"王天祥皱着眉头，"不就是——胭脂吗？嘿！谁起的玩意儿，中国话不好好说，非得学老毛子，倒过来说。"王天祥哈哈大笑，士兵们也跟着笑成一片。

脂胭的小脸涨得通红，一如天边那片燃烧正旺的晚霞。

"你们，你们，到底放不放我阿玛！"脂胭小嘴噘得老高，恼怒地撒着气说。

"好，你是好丫头，你阿玛也是个好阿玛！来人，把人给我放了！"王天祥下了放人的号令。

士兵解开了宝郡王的绳索，把宝郡王带到王天祥的马前。

宝郡王虽经此一劫，但身在皇室多年，早已处事不惊，双手抱拳，对着王天祥不卑不亢地说道："多谢将军。"

王天祥对清王室素无好感，此次向富商大户征收军饷，遭到了宝郡王的严词拒绝。副官向王天祥如实做了禀报。王天祥大为恼火，正好借此做文章，敲山震虎，彻底清除清王室的顽固派。他这才亲自带兵来到宝郡王府。

此时的宝郡王府已没有了先前的气派，随着风雨飘摇的清王室的彻底结束，已是一片衰败气象。如今昔日门前那对神气威武的石狮，已形如垂暮的老人，怯懦无力地站在门前，眼眸低垂，夕阳的光晕投照到它们身上，越发显得那般凄凉。

领头的士兵"砰砰"几下就砸开了大门，管家福伯还没反应过来，在惊愕中，就被士兵"去你妈的"一脚踹到了墙边。宝郡王似乎早就有了预感，已站在前厅的台阶上，对凶神恶煞般闯进来的士兵，淡淡地说了句："我跟你们走，何必伤及无辜。"

士兵们把宝郡王捆了个五花大绑，带到王天祥马前。王天祥原打算重办宝郡王，没承想却被一个十岁的孩子义正词严地消了怒火。他对宝郡王有了新的看法。眼下，见宝郡王抱拳施礼，他摆了摆手说："要谢，

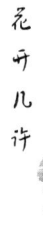

谢你的丫头吧,是个好丫头,不简单,不简单哪!"

正前方骑马跑过来一个士兵,在王天祥马前,翻身下马,在王天祥耳边低声耳语了几句。王天祥的眉头皱了皱,脸色铁青,双腿一夹马身,"驾!"那匹烟青色的马仰头打了个"响鼻",四蹄撩开,向前飞跑而去。王天祥在马上回过头来,大声地喊着:"丫头,好好读书!"

二

1927年的冬天,很早便下起了第一场雪。大块大块的雪片铺天盖地、没头没脑急急地从铅灰色的天空坠落下来,肃清的地面很快便被白雪厚厚地覆盖了一层,庭院中那几株古树上栖息的鸟儿被暴烈的雪惊得扑棱棱飞起,一时之间竟不知向何处安身。起床晨读了一会儿的脂胭推开窗户:"雪压枝头急,大地披雪衣,绿蚁古书卷,笑傲天地间。"诗句从脂胭的口中脱口而出。

"格格,外面雪大,把窗户关上吧,小心受了风寒。"可心把猩红的狐狸大氅披在脂胭的身上。可心就是十年前被脂胭带回王府的那个丫头,宝郡王夫妇念可心无家可归,便让她陪在了脂胭的身边,名为丫鬟,实和脂胭情如姐妹。

"不碍事的,我哪就这么娇气。"脂胭回过身来,冲着可心嫣然一笑,"你看,这雪下得好大、好美,我还从来没有见过这样的雪天。"

"格格总是诗情画意,我就看不出这雪有多美,不过下得倒是挺大的。"可心一根直肠子,快人快语。两个人正说说笑笑间,福伯领着一个全身布满雪花的青年匆匆从前院而来,向外厅走着。

"咦?这么大的雪谁会来呢?"两个人纳闷着。

宝郡王府迎来了一位不寻常的客人。

凌峰环视着客厅里的一切。二十年前的影像依稀可见,屋里的布局似乎没有太大改变,只是瓶瓶罐罐的一些摆设少了许多,显得房间更加阔大,冷冷清清,像是很少有人待在这里。

"凌少爷,王爷身子骨不太好,还没起来,如福晋这就过来。"虽然宣统已经出了紫禁城几年了,但是王爷、福晋的称呼,福伯叫了几十年,不习惯再改口。再说,日子是过给自己的,谁又能碍得着谁呢?倒也没有必要再改口。

"怎么?王爷的身体不好吗?"转过身来,凌峰一脸的微笑,面对着福伯。

"这两年,王爷的身子骨是大不如从前了,咳嗽、喘得厉害,一年要有大半年的时间请大夫、吃药,王爷又不大信奉西医。"福伯边说边往凌峰的蓝磁花盖碗里加了些茶水,递到凌峰的手上。

两人正说着,福晋进了客厅。

如福晋只觉眼前一亮。好一个俊美灵秀的青年,如福晋心中暗忖到。一身坚挺的深蓝色制服是那么合身地穿在他的身上,个子不算太高,中等稍上,但身材很匀称。一双墨染的浓眉下,双目有神,透着智慧的神气,整个人站在那儿,凛然正气犹生。

"这就是如福晋,凌少爷还认识吗?"福伯介绍道。

怎么会不认识?又怎么能不认识?当年,自己和祖母无依无靠,孤

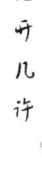

苦伶仃，是云姑姑念及旧情，把他们接到王府，在王府的附近找了一个跨院，把他们安顿下来，生活用度全来自王府。如福晋对他们也呵护照顾有加，私下嘱咐福伯要另眼相看，别让他们受了委屈。只是，后来云姑姑去世，祖母便带着云姑姑的骨灰返乡，执意不肯再回到王府。可即便如此，这些年，如福晋没负云姑姑的嘱托，一直在照顾接济他们，他才得以完成学业。

虽然二十年过去了，如福晋看上去并没有太大改变，只是发福了些，发鬓隐隐约约有些许白发。凌峰打量着福晋，昔日恩人乍见，凌峰一时之间，竟觉语塞，情动难言。

"你就是峰儿吗？"如福晋兴奋地一把拉住了凌峰的手，"都长成大人了，我都认不出来了。"

"福晋，都二十年了！"福伯笑呵呵地提醒着如福晋。

"可不是吗？二十年了！可真快！一眨眼的工夫，你们都长大了。你有二十六七了吧？"福晋笑吟吟地让凌峰坐下。

"二十七岁。福晋，这些年，你和王爷还好吗？"凌峰鼻翼忽闪了两下，有些发酸。

"好！都好。"福晋语音哽咽，"当年，你初来王府时也就五岁多一点，那时候，你云姑姑可真疼你。"说到这儿，如福晋眼中有了泪，"若是你云姑姑还在，见到你如此模样，定然会很高兴，只可惜了，你云姑姑……"福晋擦起了眼泪。

"是啊，我祖母每每提到云姑姑也是伤心不已。这次，我来京教课，祖母再三叮嘱我要到府上拜望，问候王爷、福晋，若有用得着峰儿的地方，凌峰定施以全力。"

"那倒不用，你能来看看我们，我们就已经很高兴了，我们也没什么事，兵荒马乱的，不过是过一日算一日罢了。只是，慕阳很是让我们放心不下。"福晋的脸上渐渐有了愁容。

这时，前院的大门传来沉闷的撞击声，福伯赶紧小跑了出去。

"哎哟哟，我的少爷，你这是怎么了？"才跑出没多远的福伯声音变了调。

一闻此言，如福晋紧张得立刻站了起来，顾不上和凌峰打招呼，慌忙往外就走。凌峰猜到情况不妙，也和如福晋一并出了客厅。

雪已经住了，只是起了风，硬生生地抽打在脸上，冷得厉害。

福伯搀扶着一个满脸是血的青年正往客厅这儿走。如福晋见状三步并两步地冲到了跟前："慕阳，怎么了这是？这是怎么回事？你别吓额娘啊，慕阳……"

"没事，额娘，只是受了点外伤，见了红而已，瞧把你吓得，一会儿多两条皱纹，您可别照镜子，怪我。"慕阳手捂着像个血葫芦似的额头，却开着玩笑安慰着如福晋，血滴滴答答很不争气地顺着指缝流了下来，遇上风，立马被吸干了水分，凝固在脸上、衣服上。

"快去请大夫！"如福晋急急地冲着福伯喊着。

"哎！"福伯答应一声，转身要去。

"不许去！"慕阳叫住了福伯，"福伯，你别去，你请来了大夫，也把大兵们招来了，他们正抓我们抓不着呢？"

"那……"福伯站在那儿吓得不知如何是好。

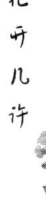

"我来看看。"凌峰快步上前。

三个人把慕阳搀扶到客厅,福伯打来一盆热水。如福晋虽说是见过世面经过事的,素来沉稳得很。但今天儿子慕阳着实把她吓得六神无主,手足无措,站在那里,只是一味地流着泪:"你瞧你这孩子,你这是要干吗?你不打算让你阿玛和我……"

"可是,刚才慕阳说,不能找大夫。"福晋一筹莫展,"你到底在外面做什么了?"福晋皱着双眉。

"额娘,这不怪我们,我们学生手无寸铁,那些当兵的拿着枪托、手铐子硬往我们身上砸,昏天黑地的……"慕阳振振有词。

"学生不好好上课,平白地生那么多事干吗?"福晋心疼地埋怨着。

没等慕阳开口争辩,凌峰插话道:"福晋,我认识一个西医,绝对可靠。我这就去找他过来,家里有金疮药什么的吗?我先给他简单包扎一下。"

"额娘,慕阳。"帘栊"呱嗒"一下掀起,脂胭带着可心走了进来。

凌峰正背对着门,在脸盆里洗着手,听见脂胭的声音,转回身来,顿时,他似触电般地傻在了那里。

这是一个怎样的女子?

绝尘的美!

她的到来,让这间死气沉沉的屋子刹那间鲜活起来。她上着白色偏襟丝绸小袄,周边镶着金线,胸前绣着玫瑰色的小花,下身穿着黑色鱼尾长裙,外披一件猩红的大氅,长发如云,飘飘若仙。

那张脸,雪肌如玉,晶莹剔透,有着不食人间烟火味的冰冷高傲,然而又似春日里那抹含羞带醉的海棠娇柔妩媚,勾人眼眸,摄人心魄。

脂胭看了看凌峰，知道他就是方才福伯领进来的那个人，冲着凌峰笑了笑，轻声说了句："您好。"算是打过了招呼。径自走到慕阳身边，"碍事吗？"她俯下身来，关心地问。慕阳就是她的双胞胎弟弟。

"没事，有凌大哥的好手艺，我这都想喝两壶了。"慕阳冲着凌峰挤弄了下眼睛，打趣地说道。

"都什么时候了，还要贫嘴。"如福晋心疼地责怪道，"哦，对了——告诉灶上，多预备些饭菜，今天有贵客。"如福晋吩咐着福伯。

凌峰便在王府里住了下来。

花房里，温暖湿润，空气里翻滚着各色花香。凌峰信手拿起紫檀书案上放着的一张信笺，饶有兴趣地看了起来。

"风吐丝，水生色，梁上啄泥疑是旧相识，轻唤无回啼。一滴泪，多少往事休，两点愁，十丈红罗不到头。"字迹清新娟秀，犹有墨香，应是才书写完不久。

一个多愁善感的小女子。凌峰自顾自地笑了。在王府里住了两个月，和脂胭姐弟俩相处了两个月。白天，凌峰忙着学校的课程，忙着参加些必要的活动。他和慕阳一样，热血男儿。对当前的时局非常不满，为这个多灾多难、千疮百孔的国家忧心忡忡，为在兵荒马乱、灾难不断下挣扎求生的百姓心痛，只不过，他比慕阳更冷静、更睿智，这也是他和年迈的祖母相依为命多年所锻炼出来的。

"写诗要有意境美和感伤美，这两种感情你都有吗？"凌峰说道。"我不知道我有没有，大概有后一种吧。我写诗喜欢信手拈来。"脂胭把玩

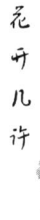

着手里的刻章。"只有后一种也能把诗写好，写诗最怕心是空的，什么都没有，不是写不出来，就是呆板做作。"凌峰说。脂胭抬起头看见他的眼睛有流彩样的东西流过。两人正有说有笑聊得起劲，王爷和福晋走了进来。

"我都跑好了，明天放人。"王爷冲着凌峰说道。"我替学生们谢谢王爷。"凌峰高兴得搓起了双手。"嘿，不用，管事的曾经是我的门生。这次算是给了我一个大面子。只是下不为例。"王爷摆着手说道。"是啊，都是自家人，说什么谢这样见外的话。"福晋接过话说，"我已经吩咐灶上准备了酒菜，现在怕是已经好了，你们爷俩边吃边聊。"福晋拉起了凌峰的手往外走。

席间，凌峰说起了要搬到学校去住。"怎么了，在这儿住得不习惯吗？哪点不如意你跟我说，我让他们去改。"福晋放下筷子。"不，福晋，在这儿挺好的。我想搬到学校和学生在一起，更方便领导学生运动，国再不救，就真的要亡了。"凌峰端起酒杯喝了一大口酒。"搬到学校也好，那些孩子太冲动了。你看，慕阳一天也见不着个人影，长在了学校。你去，我更放心些。"王爷笑着说道。

脂胭说不清对这次告别是什么感觉，好像有些怅然若失，又有些闷闷不乐。她就在闷闷不乐中结束了晚餐。

"我看胭儿和他倒是很说得来。"灯光下王爷像是自言自语，又像是对着福晋说。

"可不是吗。"福晋的眼睛里闪着兴奋的光，"我看他们两个挺般配的，年龄样貌志趣，都是那么相当。"福晋铺好了床，转回身来，"要不，咱们让凌峰和胭儿先订婚吧。我想,云妹妹泉下有知,也会很欣慰的。"王爷没说什么,灯光打到脸上,是一脸的深思。

凌峰搬走后的第十五天,王府迎来了一拨人。

那天清晨,脂胭还在睡梦中,便被一阵阵狂乱的人喊马嘶声惊醒。"可心,可心。"脂胭大声地喊着可心。"格格。"可心闻声赶紧推门进来。"外面是怎么回事?"脂胭坐了起来。"格格,王府来了拨当兵的,人不少,领头的好像是一个少将什么的。""我出去看看。"脂胭边说边穿好了外衣。这时,可心已经倒好了洗脸水,脂胭简单快速地洗漱后,走出了房门。

外面是干燥燥的冷,几只麻雀从光秃秃的树上飞来飞去。一群穿着灰色制服的大兵正在院子里休整。脂胭一出现,这群大兵顿时把目光齐刷刷投向了脂胭,随后是低低的交头接耳。"喂,怎么样?""美——!这回咱们少将又有艳福了,嘻嘻……""看着吧,看着……"脂胭一声不吭地穿过他们,直接走进了中厅。

王爷坐在中厅的主位座上,两侧客座上坐着几个看上去当官模样的人。

"阿玛。"脂胭环视着客座的人。

"胭儿,来了。"王爷正端着茶杯在让茶,见脂胭进来,便把茶杯放在桌子上,"来,胭儿,见过几位将军,这位是何参谋长,这位是石参谋长,这位是陆雄飞少将。"在说到陆雄飞三个字时,王爷加重了声音。

脂胭冲着三位客人,道了个万福,说:"各位将军大人好。"脂胭抬起头时,注意到了那个叫陆雄飞的,左额角上很深的一道疤,像蚯蚓

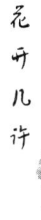

似的蛰伏在那里。他的头发浓密乌黑,脖子刚硬傲慢地挺立着,一双眼睛炯炯有神,发出寒冷凌厉的光。脂胭不禁打了个寒噤,一种特别的感觉像风一样灌进了身体。她意识中出现了慕阳被打得鲜血淋淋的画面,她突然想迅速离开,但同时好奇的欲望又迫使她想知道这群人来干什么。她便在紧挨着王爷的客位上坐了下来,正好和陆雄飞对面。她看见陆雄飞正不错眼珠地盯着自己看,脂胭的脸倏地红了,忙把脸转向别处。陆雄飞也就随着她的脸转向别处,陆雄飞也就看见了正面墙上挂着的那幅字,他似乎对那幅字很感兴趣,笑着问王爷说:"这幅字谁写的,倒是别有一番气韵。"王爷忙笑着回答说,"这是胭儿写的,信手涂鸦,将军见笑了。"

"哦,是吗?"陆雄飞的目光又转向了脂胭。

就在这个时候,福伯走了进来。福伯说,酒菜已准备好,请各位将军入座。王爷让着陆雄飞他们进了饭厅。脂胭刚想离开,王爷叫住了脂胭,说:"各位将军难得来一回,你就多陪陪他们,也好长长见识。"脂胭说:"男人们喝酒,我在怕是不方便。"王爷的脸沉下来说:"有什么方便不方便的,民国都几年了,哪有那么多礼数。"见阿玛有些生气,脂胭便留了下来,挨着王爷坐在酒桌前。

王爷按照主人的礼数,一一敬着酒。陆雄飞喝着酒,眼睛却始终没离开脂胭的脸。这一切,王爷都看在眼里。王爷向脂胭递着眼色说:"给将军们敬酒。"又笑着对陆雄飞说,"胭儿礼数不周,将军多包涵。"陆雄飞也笑着说:"周不周的,我怎么会怪她。"

脂胭按照王爷的意思,逐一敬着酒。在她给陆雄飞酒杯倒酒的时候,她清醒地感觉到陆雄飞不软不硬地在她手背上拧了一下，她的脸又再次红了起来，放下酒壶，脂胭说："我突然有些头疼，先行告退了。"说完这句话，没等大家的反应，便离开了酒席，径自向外走去。

王爷打着圆场，哈哈笑着说："胭儿没见过什么世面，难免娇气些，将军们别见怪。"大家也就随着王爷笑了起来，接着喝酒。

陆雄飞醉酒是在脂胭走了之后。他嘴里哼着小调，一双筷子拿在手里敲打着杯碟，但大家也清楚地听到了。

王爷差人把陆雄飞扶进了客房。

深夜，陆雄飞酒醒后，王爷来到了他的房间。月光很白很亮地打在窗户上，倒把屋内的灯光比了下去。陆雄飞对王爷再次道谢说："多谢王爷邀请在府上休整几日，真是打扰了。"

王爷沉吟了一会儿，方说道："你看小女脂胭如何。"陆雄飞并没急着回答王爷的话，笑了笑，反过来问王爷："王爷打算给脂胭做何等的安排。"

"聪明，果然是聪明。"王爷连声称赞道，"既然，将军猜到了，那我就打开天窗说亮话。"王爷咳嗽了几声，接着说，"我打算将脂胭许配给将军，不知将军意下如何。"

陆雄飞哈哈一阵大笑说："那恐怕要让王爷失望了，在下已有了妻室，况且在下也没有停妻再娶的意思。"

"我知道将军已有妻室，不妨事，只要将军愿意，脂胭给将军做二房。"王爷两眼浑浊地望着陆雄飞，像是在乞求，也像是在哀求。

"哦——这我倒是没想到，脂胭才貌双全，不知王爷为何这般委屈

她。"陆雄飞有些想不通,一头雾水地问着王爷。

"不委屈,只要将军对她好,大房、二房、三房还不是一样。"王爷的两眼更加浑浊,里面像是充满了泪花。

"这样做,脂胭的意思——"陆雄飞若有所思地对王爷说。

"脂胭那里我自有安排。"王爷似乎早已胸有成竹,"我们只要这么做——,便可迫使脂胭同意这门婚事。"王爷压低了声音在陆雄飞耳边嘀咕着。

"王爷真乃高明。"陆雄飞的脸上挂满了扬扬得意和喜出望外。

"夜已深了,将军安歇吧。"王爷好像卸下了千斤担似的带着一身的轻松走出了陆雄飞的房间。

过了两日,脂胭和王爷、福晋正在用早餐。福伯像天塌下来似的,跌跌撞撞跑了进来:"王爷不好了,福晋不好了——"

"别慌,慢点说,天塌不下来。"王爷放下筷子,两眼瞪着福伯说。

"是,是——王爷,刚才学校那边来人送话,说咱们家的少爷和凌少爷都让警察局抓走了,给戴了帽子,说是聚众滋事,扰乱社会治安,反对政府。王爷快想想法子,救救两位少爷吧!"福伯急得老泪纵横。慕阳是他看着长大的,福伯对他比对亲生儿子还要亲。慕阳此番遭难,福伯半条命已经心疼没了。

"吁——"王爷长出了一口气,好像这个消息在他意料之中似的。

"快想想法子,救救他们两个,上次慕阳就被打得头破血流,这次还不知道会怎么样呢?"福晋站起来,就往外走,她已经被吓得手足无措,不知如何是好。

"额娘,您先别着急,咱们跟前不是就有救兵吗。"脂胭沉着地说。

"对呀!"福晋转回身来,"王爷快去找找陆少将,他给警察局去个话,准好使。怎么啦这是?王爷看上去一点都不着急。"

"那也未必管用。"王爷低声说了句,"少将出去练兵去了,回来再说。"

当王爷从陆雄飞房中走出来时,已是掌灯时分,灯光像是没有力气打足似的,忽明忽暗。福晋、脂胭、可心还有福伯都在中厅等着王爷。

"王爷,怎么样?"福晋热切的目光紧紧盯着王爷的脸,生怕从王爷的脸上漏掉什么似的。

"嗯,不怎么样,难办,难办哪!"王爷叹着气,拉起了脂胭的手说,"只要胭儿——"

"阿玛,只要我怎么样?您倒是说明白了呀!"脂胭焦急地催促着王爷。

"陆少将说,只要你肯嫁给他,他保证让警察局放人!"

"阿玛,他这是乘人之危。"脂胭气得涨红了脸,使劲地绞拧着手里的绣花绢子。

"乘人不乘人的,咱们现在叫不起这个板,从古至今,鸡蛋硬往石头上碰,那不是自个儿找粉身碎骨吗?"王爷眯缝起了双眼,喝了口茶,不紧不慢地说着。

"说不定,他为了得到格格,指使人抓走了少爷——"可心伶牙俐齿且快人快语。

"可心,无凭无据不准瞎说,还不出去。"王爷厉声打断了可心的话。

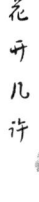

可心嘴里小声嘟囔着，低头走出了中厅。

屋里的人一时都沉默下来，只听见那座老式钟表发出"嘀嗒，嘀嗒"的声音，像是在说："我不答应，我不答应。"

脂胭背对着王爷、福晋，站在那里一言不发。她在认真地想着她的心事。自见到陆雄飞那一刻开始，她就从他的目光中感觉到他要定了她。这是她特有的敏感，也是与生俱来的。只是没想到会这么快，会连累凌峰和慕阳，她清醒地意识到和凌峰的缘分尽了。

"阿玛。"她听见自己凄楚地喊了声阿玛，"我嫁，我嫁。"转回身，眼中已是噙满了泪花。

王爷看也没看脂胭，玩弄着手里的茶碗盖子："胭儿，你不要怪阿玛，这也是没有法子的事。阿玛看得出来，陆雄飞很喜欢你，嫁过去他自然不会亏待你。兵荒马乱的你跟着少将，自有你的好处。阿玛，已是年老之人，再也照顾不了你们姐弟俩，以后，咱们这个家还得仰仗你……"

脂胭的眼泪终于夺眶而出，她没有拿绢子擦拭它们，任由它们在脸上肆无忌惮地流淌。过了一会儿，眼泪在她的脸上停止了流淌。她的眉毛向上微微一挑说："我要见见凌峰。"

入夜，福晋问王爷："难道峰儿和胭儿的缘分就这么尽了？"王爷使劲吸了口烟反问道："这有什么不好吗？"福晋诧异地看着王爷。突然福晋的身子颤抖起来："难道这一切是你和陆雄飞安排的？"

王爷在楠木桌子上敲了敲烟灰说："有些事，知道就好，未必要说出来。"

闻听此言，福晋的身子抖得更厉害了："可怜了胭儿，我要去告诉她。"

福晋穿起鞋，就要往外走。

"糊涂！"王爷喝住了福晋，"我这样做，就是不想让胭儿走她娘的旧路，你个妇道人家怎么头发长见识不见长呢？"

"我，我……"福晋嗫嚅着，说不出话来。

门外，"梆，梆，梆"响起了三声梆响，已是三更。

脂胭躺在软软的床上听着梆响，丝毫没有睡意，她的心很烦乱，翻了个身，她坐了起来。她仿佛嗅到了窗外的清新空气，她走到窗前，打开窗子。窗外，正下着雨夹雪，那些光秃秃还未返青的草木被雨雪一通袭击，一股子清冽冷香扑鼻而来。她长长呼出了一口气，好像要把心中的痛苦纠结全部吐出去。

她在心里一遍遍问自己，难道和凌峰还没有开始，就这样结束了，她不甘心，可是不甘心又能怎么样。看得出来，阿玛很看重陆雄飞，对自己嫁给陆雄飞是由衷地赞成，而没有一丝勉强和委曲求全。窗外的雨似乎又加大了些，湿漉漉的雨丝拍打着她的脸颊。她忽然想起和凌峰相处的点点滴滴，她喜欢凌峰，在他身上总有一种新奇的力量吸引着她，诱惑着她。他们之间往往不用说些什么，一个眼神，一个动作，就能知道心里在想些什么。可如今，这份感情眼看着就要成为明日黄花，会不住地往后退，越退越远。

"梆，梆，梆——"守夜人懒懒地敲着更鼓，已是五更天了，脂胭还是丝毫没有睡意，她就在痛苦纠结和回忆中坐到了天亮。

王爷和陆雄飞并没有实现他们的承诺，脂胭并没有见到凌峰，就被匆匆抬进了陆府。

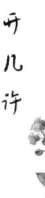

三

脂胭是傍晚时分从陆府花园里的后角门被抬进了府,同她一道来的只有贴身丫鬟可心。花园里静悄悄的,连个鸟叫声都听不到。

轿子径直往里走,在一个小院前停了下来。脂胭穿着大粉的新娘装从轿子里走了出来。按照陆家的老规矩,姨太太进门时不能穿正红的婚装,只能穿正粉,这是延传多少年的规矩了。陆家在永定河畔的陆家庄那是首屈一指的大户,一些祖祖辈辈传下来的老规矩、老讲究自然是不能免的。

院里早已等候多时的老女佣宋妈,忙迎了上来,屈膝道声万福说:"二少奶奶,二少奶奶好。"脂胭上下打量一下宋妈,没说什么,便由着宋妈搀扶进了正房。房内贴着大红的喜字,喜字前两根红红的蜡烛跳跃着热烈的火苗。房内没有人。

"二少奶奶走了一天的路,肯定是累了,先洗把脸歇歇吧。"宋妈殷勤地打来了冒着热气的洗脸水。脂胭还是没说什么,弓着身子,把脸埋进水里,狠劲地洗着。她的脸在洗濯后显得更加清秀,但清秀上挂着寒意。

"二少奶奶,少爷在前院招呼客人,您先歇会儿。"宋妈再次客气地说。

"嗯。"脂胭点了点头,"你先下去吧。"脂胭面无表情地对宋妈说。

宋妈缩了下脖子,扭动着肥胖的身子走出了房门。

待宋妈走后,脂胭长出了口气,便懒懒地靠在床上的一摞被褥上。

"可心。"

"哎！"可心应声答应着，放下手中的檀木箱子，来到床前。

"陪我在这儿坐会儿，我心里总是不踏实。"脂胭伸手拉住了可心的手。

"格格，别说是您，就连我心里都扑腾。我刚到花园时就觉得这陆府有些怪，您说呢？格格。"

脂胭没说什么，只是拉着可心的手沁出了冷汗。

陆雄飞是在子夜时分回到新房的。

他看上去喝了不少的酒，红头涨脸一身的酒气。他在床边坐下来，对脂胭说："把我的衣服脱掉。"

脂胭回敬说："你自己不会脱吗？"

陆雄飞哈哈一阵大笑说："你是害羞吧！放心，我会让你不害羞。"说完，便把嘴巴在脂胭的脸上蹭来蹭去，手在脂胭的胸前摩挲着。

突然，他停了下来，眼睛直盯着脂胭的眼睛说："你怎么没反应？"

脂胭扑哧一声笑出了声说："我没经验，怎么会有反应？"

大少奶奶房中的丫鬟福子就是这时候敲响窗子的。

"谁？"陆雄飞不耐烦地问道。

"少爷，大少奶奶病得厉害，太太请您过去瞧瞧。"

"知道了。"陆雄飞皱了皱眉头说，"早上还好好的，怎么又病了。"站起身，往外走，走到门口时，回过头来，冲着脂胭诡异一笑说，"等着我回来。"

脂胭再见到陆雄飞时，是在早餐桌前。许是一夜没睡，他的脸带倦容。见脂胭来到，他看了看脂胭，略点了下头，算是打过招呼。

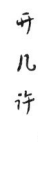

桌前的正座坐着大太太，是陆雄飞的亲生母亲。这是来饭厅的路上宋妈告诉她的。宋妈很热心，话也很多，没等脂胭开口问，便把家里成员说个透。她告诉脂胭，大太太信佛，成天在佛堂念经，家是大少奶奶管着。不过，大少奶奶身体不好，三天里总有两天半在病着，倒是姨太太把家里的事管了不少。

脂胭正琢磨着该如何打招呼，大太太身旁站着的赵妈端过一个茶盘，里面放着几盏茶："二少奶奶，该向太太们敬茶了。"

脂胭顺从地接过一盏茶，走到大太太面前，双膝跪了下来，把茶举过头顶说："娘，您喝茶。"这个礼节，是临上轿时如福晋特意叮嘱了再叮嘱的，脂胭心里虽有一百个不情愿，但是面子上的事总得做。大太太接过茶，双手把脂胭扶了起来，脸上挤满了笑容说："一家人不必这样拘礼，你去见过二姨娘。"她指了指侧面坐着的女子，年纪比大太太小了许多，打扮很入时，也很妖艳。进屋时，脂胭便已猜测到她就是二姨太采九莲。

脂胭拿起了一杯茶，走到二姨太跟前，双手端给二姨太，照样说了句："二姨娘，请喝茶。"

二姨太采九莲拿眼瞄了瞄脂胭，鼻子哼了一声，扭动着身子说："到底我是做小的，连规矩到我这儿都可以省了，老爷回来，我是必不依的。"大太太见二姨太挑了理，忙打圆场说："都是一家人，何必这么见外，你是长辈，别跟小辈见识。"又转向脂胭说，"脂胭，把茶给二姨娘放下，坐下吃饭吧。"

"是。"脂胭顺从地坐在了陆雄飞的旁边。屁股还没坐定，就听见一个尖细的声音说道:"你坐的是大少奶奶的位置,你应该往右坐一个。"

脂胭顺着话音查看说话的人,说话的人是坐在二姨太旁边的一位小姐,年纪和自己差不多,打扮得和二姨太一样妖里妖气,浑身上下透着那么一股子狐媚劲,手里的檀香小扇扇得哗啦啦直响,显示着轻狂和傲慢。脂胭没有理睬她,没有照她说的去做,相反很淡定地端起茶杯喝了口茶。倒是大太太是个心善的人,又忙着打圆场说道:"脂胭,忘了跟你介绍了,这位是你二姨娘的表侄女,苏格丽,苏小姐。"其实,不用大太太介绍,脂胭也猜到了她是谁。听大太太这么一介绍,脂胭微微一笑说道:"苏小姐,您好。"这么一说,也算是还给大太太一个情面。

哪知这位苏小姐腰肢扭了扭,鼻子哼了一声,酸溜溜说了句:"好,好着呢!"脂胭便没再说什么,拿起汤勺喝了口汤。餐桌上的人谁也没再说话,个人想着个人的心事,个人吃着个人的早餐。脂胭来陆府的第一顿早餐就是在无声中这么结束的。只不过,陆雄飞又被大少奶奶的丫鬟福子叫走了,说是大少奶奶不肯吃药呢。

大少奶奶婉芬是个药罐子,自从三年前嫁到陆府,便和药结下了不解之缘,吃药似乎比吃饭还要多些。昨天晚上旧病加上醋劲,好一通发作,今早又发娇,不肯吃药。福子没办法,只好把陆雄飞搬了来。

陆雄飞对这位原配妻子是忍耐忍耐再忍耐,怎么说也是陆雄飞的女人,不能不顾及她的死活,面子上的事儿还得要做足做够,人活着不就是做给人看的吗。自从陆雄飞看见脂胭的第一眼起便一见钟情,是不同于大少奶奶婉芬的爱,为了得到脂胭,他和宝郡王定下苦肉计,派人抓住慕阳和凌峰,逼迫脂胭为了救人而嫁给自己。因为他和宝郡王都知道,

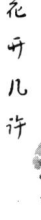

凭着脂胭的心气儿是不可能给自己做小的，更何况中间还有着凌峰，而今天他终于如愿以偿，得到了脂胭。虽然脂胭对他很冷淡，但他不在乎，他相信随着时间的流逝，脂胭会爱上自己的。他文武双全，难道还比不了一个穷书生吗？

刚进屋便看见婉芬把碗里的药在往地上一点一点地倒。"你在干什么？"陆雄飞一把抢过婉芬手里的碗，婉芬怔怔地坐在那里，一句话也没有，只一个劲地淌眼泪。丈夫又娶个小的，而且年轻貌美，还是个格格，再有度量的妻子也喝不下这碗醋，所以昨天晚上急火攻心，旧病复发吐了几口血。今儿早上说什么也不肯吃药，陆雄飞紧锁着双眉，把药碗递给福子说："再去给大少奶奶把药重新熬好，大少奶奶若再不肯吃药，你们就别在这儿干了。"说完看了看大少奶奶婉芬，叹了口气便走出门去。

陆雄飞走进脂胭屋里时，脂胭并没有在屋。陆雄飞没有见到脂胭，就大声喊着："宋妈，宋妈。"宋妈听见少爷喊他，慌忙跑进屋说："大少爷，您找我。""嗯，你去把二少奶奶找回来。""是。"宋妈嗫嚅地答应着。陆雄飞拿起桌上脂胭的照片，像是在看一件宝贝似的看着。

宋妈是在花园里找到脂胭的，脂胭和可心正在花园里散步。饭后散步是脂胭雷打不动的习惯。宋妈见了脂胭就说："二少奶奶，少爷在您屋里，找您。"脂胭说："找我做什么。"说完一琢磨，脸腾地就红了。脸红的脂胭对宋妈说："你去告诉少爷，我正在太太屋里，过一会儿才回去呢，让他先去忙吧。"宋妈听见脂胭这么说，就颠颠地跑了回去，把脂胭的话向大少爷复述了一遍。陆雄飞听了一笑说："你再去告诉她，让她现在回来，我等她。"

宋妈就呼哧呼哧又跑进了花园,喘着气说:"二少奶奶,您还是回去吧,少爷许是找您有事。"脂胭听宋妈这么说,想了想说:"好,我这就回去。"说完,和可心还有宋妈向自己屋里走去。

进了屋的脂胭,看见还站在桌前的陆雄飞说:"你来了,找我有事?""没事,就不能找你吗?别忘了,咱们可是夫妻。"说完,陆雄飞看着脂胭坏坏地笑。

宋妈毕竟是过来人,见此光景,就对可心说:"可心姑娘,你跟我看下灶上给二少奶奶炖的燕窝好了没有。"就带着可心走了出去,并把屋门轻轻地关上。

她笑得有些喘不过气来,本能地靠近了他。他回过脸来,看着她笑,自己也笑。她的面颊染上了红云般的颜色。他的脸通红,看着她的眼中有一层柔柔似水的东西红红地在涌动。猛地,他伸过臂膀,把她搂进怀里,不等她反应过来,他的嘴唇压到了她的唇上,他的唇火热激烈,在她的唇上紧紧地胶合、压裹。他的胡茬儿在她的面颊上摩擦滚过……

他松开了她,微微地看着她笑,她的脸犹在红着,她的心怦怦地跳个不停,这一切来得那么突然,突然得让她有些慌乱。

脂胭红着脸转身跑了出去。

一大早起来脂胭掸去古筝上面的灰尘,静静地坐了下来,没一会儿悠扬的琴声穿过脂胭的屋门,向院子、花园弥漫开来。琴声持续了一个时辰左右戛然而止。脂胭走到屋门口,打开屋门,刚要迈腿出去,便被吓了一跳,苏格丽神不知鬼不觉地正站在屋门口。"你琴弹得不错。"

苏格丽阴阴地笑着说。脂胭没有理她，继续往外走。自从见到苏格丽和二姨太那一刻起，脂胭便不怎么喜欢她们，话也懒得说。"还神气哪！还当这是大清朝哪！王爷已经是过气的王爷了——"苏格丽哗啦哗啦扇着手中的檀香小扇，细细的嗓门故意把语调拉得长长的。

"过气的王爷他也是王爷，过气的格格她也是格格！"脂胭高扬着下巴，眼睛凌厉地瞪着苏格丽。

"哦？那我是不是还得给格格请安哪？格格——吉祥了！"苏格丽高挑着眉毛，步步紧逼，叫着板。

"你要请安，那我就不客气了，我这里先谢谢了！"脂胭转身欲走。

"不就是个二房吗？小老婆！"苏格丽尖酸地说。

"二房？"脂胭倏地转回身，冷冷的目光盯着苏格丽，"是，我是二房，可我是少帅明媒正娶的二房！陆家堂堂正正的二少奶奶！你哪？你算什么东西？你只不过是寄居在陆家的一只小家雀，今天让你在这儿住，你便能在这儿住，明天不让你在这儿住，你就得扇扇翅膀，滚出去！"脂胭白净的脸涨得通红，声音也明显比方才高了许多，也急促了许多。

"你，你——"苏格丽"唰"地合上了扇子，脂胭的直白还击一时间让她无地自容。

"说什么哪你！"凌厉的声音在脂胭身后炸响，脂胭扭回头，还没来得及看清来人是谁，脸上便重重地挨了一巴掌。脂胭下意识地捂起了被打疼的半边脸。

"你敢打我们格格！"可心的脸因为愤怒而涨得通红。

"我有什么不敢打的！"二姨太采九莲嘿嘿一阵冷笑。

"这是在陆府,不是在你们过气的王府。"采九莲不等脂胭和可心反应过来,便拉着苏格丽大摇大摆地走回了房。

"格格,我们去告诉大太太。"可心哭着对脂胭说。

"算了吧,我们在这儿人单势薄。"脂胭长长地叹了口气。

"我们还有少帅——"可心心疼地抚摸着脂胭被打红的半边脸。

"他。"脂胭想了想,没再说什么,和可心走回了屋。

早饭,脂胭没有过去吃。

大太太派秦妈来叫了好几回,都被可心给挡了回去,秦妈是陆府的管事嬷嬷,也是大太太的贴己。

"我们格格不舒服,不想吃早饭。"可心冷冷地对秦妈说。

"这话是怎么说的呢?昨儿还好好的呢,是不是水土不服?"秦妈赔着笑脸说。秦妈老于世故,从可心的态度上看出了端倪。

"不是水土不服,是心里不服——"可心拉长了声音,绷着脸赌气地说。

"可心!"脂胭打断了可心。

"呦——这我得听可心姑娘好好跟我说说了。"秦妈一脸的紧张,眼睛锐利地望着可心和脂胭。

"秦妈,没事,我就是有些水土不服,不适应,休息一会儿就没事了。"脂胭忙着打圆场。

"不,二少奶奶,您这儿肯定有事,您不跟我说,就是信不过我,回头大太太、少帅知道了,肯定饶不了我,肯定说我没照顾好您?您让我这老脸还怎么在陆府待下去。"

"这——"脂胭一时不知说什么好。

"秦妈妈——"可心看了看脂胭,又望了望秦妈。

秦妈知道她有话要说了。

可心见脂胭没再阻止她,便把刚才发生的事一五一十地对秦妈讲了,说着说着,可心掉下了眼泪。

"我们格格,从小到大可没受过这个。"

"哦——是这样。"秦妈皱起了眉头。

"这个二太太再怎么说也是个长辈,怎么能出手打人呢?"

"秦妈,您要禀告大太太,替我们格格做主。"可心流着泪继续说道。

"这个自然,我回去就禀告大太太去。"秦妈走出了房门。

晚饭脂胭依旧没去吃。

陆府拉开电闸的时候,大太太在秦妈的陪伴下,来到了脂胭的房里。

脂胭见大太太亲自过来,慌忙让座。

大太太坐了下来。

"来,你也坐。"大太太拉着脂胭的手说。

"太太在,哪有我们小辈坐的理。"脂胭规规矩矩地说着。

"都是一家人,什么理不理的,我让你坐,你就坐。"大太太温和地说着。

见大太太一脸的诚恳,脂胭便顺从地坐在了大太太的侧坐。

"秦妈。"大太太冲秦妈使了个眼色。

秦妈识趣地打开随身带来的小布包,双手捧出一个长条形的盒子,递到脂胭的面前。

"这是一棵千年老参,你这两天身子不舒服,让丫头给你做碗参汤喝吧。"

"太太,我哪能先于太太享受如此昂贵的老参,还是太太留着自己用吧!"脂胭站了起来,冲着大太太毕恭毕敬地说道。脂胭自幼在王府长大,世面见得多,知道这棵老参的稀罕和贵重。

"你用和我用是一样的。"大太太拉起了胭脂的手。

"你不知道,自打我见你的那一刻起,我就把你当自家女儿看,你可不要辜负我的一片心哪!"大太太看着脂胭意味深长地说。

"我也是把太太当成自家额娘看的。"脂胭聪明地回答着大太太。

"好,好!"大太太连连拍着脂胭的手说道。

"太太,您不知道。二太太她——"可心红着脸,刚要说些什么。

"可心。"大太太的脸沉了下来。

"主子有什么不如意的地方,你们当奴才的应当劝着点,万不能由着性子挑唆主子,如果让我知道了,陆府的家规绝不允许你们胡闹的!"大太太收回了温和,取而代之的是一脸的严肃。

可心偷偷地吐了下舌头,便没敢再说什么。

"太太,可心并没有挑唆我什么。"脂胭见大太太有些动气,慌忙替可心打着圆场。

"没有就好。"大太太重又换回了一脸的温和。

"脂胭,我们做女人的,最要紧的就是夫家的平安和顺畅,万不可有风就起浪。"

"脂胭——明白。"脂胭低声回答着。

"好了,我也坐久了,恐怕早就讨你们烦了,秦妈,我们回去吧。"大太太打趣地说着站起了身。

"太太,看您说的,您能来,我们求之不得。"脂胭赔着笑脸说道。

把大太太送到屋外,目送着大太太没了身影,脂胭才和可心回了屋。

"我的天啊!陆府的规矩可比咱们王府还要大呀!"可心一屁股坐在床上。

"知道了吧,这回有管得了你的人了。"

"格格,你怕不怕?"

"我——"脂胭沉思下来,没再说什么。

拉闸了,各屋点灯——管家张伯沙哑的声音在院中响起。

脂胭躺在床上翻来覆去睡不着,白天发生的一切和大太太刚才的一席话让她想了又想。终于让她下定了决心,决定在陆府待下去,决定以战斗的姿态接受二太太和苏格丽的挑战,对少帅奉献上她的情意。想起少帅,她的脸火辣辣地热,她不知道自己是不是爱上了他,自己怎么会爱上了他?可是不爱他,为什么今天特别想见他,想起他的时候,脸为什么火辣辣地热,为什么心跳得厉害。她下意识地摸了下嘴唇,上面犹有他的狂热。

睡不着觉,她索性下了床。点燃了满室的红烛,她看着镜子中的自己。她穿上最美丽的衣服,戴上最美丽的首饰,然后把衣服一件件穿上又脱下,她凝视着镜子里美好年轻的脸庞和身体,她忽然怀疑自己是否一生都要在陆府沉寂下去,在这深宅大院里终老而死。少帅的狂热让她想起那些爱情的美妙诗句，在她的想象里，那些美好爱情故事里的男女主角一律成了她和他。

她只觉得浑身滚烫，似乎每一个细胞都在燃烧着熊熊火焰。她走到桌旁倒了杯凉茶，这时，屋内的大钟当当敲响了三下，她抬头看了看大钟，把凉茶一饮而尽。重又走到床前，和衣躺了下来。既然已经做了决定，她很快就睡着了。

一连三天，脂胭都没有见到少帅陆雄飞。脂胭想问宋妈或者秦妈，可她始终也没开口。

这天，脂胭见到了病后起床的大少奶奶婉芬。这是她们第一次见面。按照规矩，脂胭是要给她敬茶的。

脂胭从秦妈手里接过热茶，双手递到婉芬的跟前。

"大少奶奶，请喝茶。"脂胭毕恭毕敬目视着婉芬。

大少奶奶婉芬不错眼珠地盯着脂胭看，她木讷地接过脂胭手中的茶杯，只是她的手有些抖。猛地，在大家的一片惊呼声中，她手中的茶泼向脂胭的身上。

"你一个做小的，居然穿红。"婉芬冲着脂胭厉声骂道。

原来如此，大家这才恍然大悟。

"你这是做什么，她不该穿大红，你告诉她不就行了，至于这么小题大做吗？"大太太面带不愠地说道。

"我，我……"不知是愤怒还是别的什么原因，婉芬浑身颤抖，说不出话来。

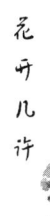

只见脂胭不急不恼,掸掸身上的水渍,一脸平静地转身对大太太说道:

"太太,我回屋换件衣裳。"

"去吧。"脂胭的平静让大太太露出了笑容。

脂胭带着可心快步走出了大厅。

"这么说,我们做小的还不能穿红了!"二太太采九莲冲着婉芬气咻咻地说道。

"行了,你就别添乱了。"大太太拦过采九莲的话。

"我也乏了,都散了吧。"大太太打了哈欠说道。

陆府的夜极静,两边石座路灯的灯光明晃晃地照着满地的亮,一钩清浅的新月遥遥在天际,夜风带着玉兰花香,把夜晚熏出一股莫名的诗意来。沐浴后的脂胭只裹着薄薄的胭脂红浴衣,端坐在桌旁,手里捧着本书,却是一个字也没有入眼。刚才宋妈进来传话说,少帅回来了,现在正在大太太屋里,一会儿就会过来。

脂胭的心跳得很厉害,似乎要破膛而出,又仿佛要从喉咙里跳出来,她放下书,白皙的双手使劲地拍打着胸膛,她想让心安定下来。红红的烛火像是知道今晚要发生什么似的一蹿一蹿地跳得很起劲。这时,门外响起了沉重而又急促的脚步声。

门吱扭一声被推开了,温柔的夜风夹带着玉兰花香飘了进来。

"你还好吗?"浑厚的声音响在脂胭的耳边。

脂胭站了起来。

陆雄飞爱怜地抚摸着脂胭的鬓角。

脂胭的眼中有了泪水。一瞬间的迟疑,是矜持还是别的什么?脂胭直觉得一股蒸汽热热地涌上来，额头沁出了汗珠。

一伸手，陆雄飞把脂胭揽入怀中。陆雄飞的下颚抵住脂胭头顶湿漉漉的乌发，宽厚的手掌在脂胭的后背摩挲着，脂胭只感到一股男性的气息流窜到身体的每一处，她的双臂不自主地紧紧环住了他的腰身。

这时，烛火滴下了最后一滴烛泪，屋子顿时黑了下来。

陆雄飞的唇滚烫地落在脂胭的唇上，脂胭瞬间窒息起来，身体似乎有熊熊烈火在燃烧，吻越吻越深越缠绵。陆雄飞抱起脂胭，径自走到床边，把脂胭放到床上。

褪去脂胭的浴衣，脂胭情不自禁地从喉间逸出一声"嘤咛"，疼得身体弓起来，陆雄飞一边安抚脂胭，一边温柔地拭去她头上的冷汗，唇齿蜿蜒噙住脂胭的耳垂，脂胭渐渐坠入渐深渐远的迷雾里。

次日，鸟叫声惊醒了脂胭，身上的痛楚还未消退，脂胭揉了揉睡意蒙眬的双眼，身旁的陆雄飞早已没了踪影。听到房内的动静，宋妈和可心走了进来。

"二少奶奶，您醒了。"宋妈笑吟吟眼带深意地说。宋妈是过来人，自然明白昨晚发生的一切。

倒是可心傻得有些可笑，见脂胭身下的床单红了一片，惊呼道：

"格格，你是不是来……"

话还没说完，便被宋妈呵呵的笑声给截了回去。

"傻姑娘，你也会有这么一天的。"

可心顿时明白了，脸一时间羞得通红。

脂胭在宋妈和可心伺候下，梳洗完毕。今天，脂胭特意穿了件胭脂

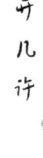

红的上衣，配上一条紧身鱼尾黑色长裙，这一身打扮，把她婀娜的身材凸显得甚是完美。宋妈给她梳了个迎春的发髻，戴上额娘给的金步摇，真是清新脱俗但又艳丽无比。脂胭在镜子跟前，左照右照，才满意地跟着宋妈和可心走出门去。今天，她特意穿了这件红色上衣，是向婉芬示威吗？她不知道，她只知道她喜欢红色，而且，她也知道陆雄飞会喜欢她这么穿的。

饭厅早就摆好了饭菜，以大太太为首的一家人，坐在饭桌前，专等着她的到来。这多少让脂胭有些受宠若惊和不好意思。

脂胭出现在饭厅的那一刻，陆雄飞眼睛闪现一丝光亮，他被脂胭惊呆了，太美了，脂胭不就是他梦中经常出现的那个女子？

"到我这边来坐。"陆雄飞招呼着脂胭说。

脂胭顺从地坐在陆雄飞旁边的空位上。一抬头，脂胭看见对面的婉芬眼中盛满了醋意。脂胭装作没看见，把脸扭向别处，刚好看见苏格丽摇着小扇，狠狠地瞪着自己，脂胭佯装不觉，把脸转向大太太。

"雄飞，真是伉俪情深哪，连吃饭都要坐在一处，这是显摆给我们看吗？"二太太采九莲酸酸地说道。

"二姨娘说笑了，吃饭坐在哪儿不是一样吗？"陆雄飞拿起筷子夹了口菜放在脂胭的小吃碟中。

"好了，好了，大家吃饭吧！"大太太打着圆场说道。

众人个人揣着个人的心事，低头吃饭。

"我要吃饭，我要吃饭。"随着话音刚落，从门外跑进一个男子，年纪十八九岁的样子。众人放下碗筷，直瞅着他。

宋妈低头在脂胭的耳边轻轻说道:"他就是二少爷。"脂胭听宋妈说起过,陆府还有个患着傻病也就是弱智的二少爷陆雄祥,是二太太采九莲生的,只不过今天是第一次见到他。

二少爷陆雄祥直接来到饭桌旁,伸手抓起一把菜,就往嘴里放。二太太采九莲的脸腾地就红了,红着脸的二太太自己打着圆场说道:"看你这孩子,真没规矩。"

大太太勉强笑了笑说:"给二少爷加把椅子来。"秦妈应声从旁边搬了把椅子到饭桌前,放在二太太采九莲的旁边。采九莲连忙拉了下自己儿子的手说:"坐下吃。"

"我不。"二少爷陆雄祥丝毫不理睬他的母亲,继续拿手抓菜吃。

大太太看了看,没再说什么。众人也就不好说什么,由着二少爷陆雄祥。

脂胭从宋妈的嘴里知道,这位二少爷因为弱智,平时都是单独在自己屋里吃饭,不仅如此,还时常被锁在屋里,由老妈子照看。二太太采九莲再要强,面对着如此的儿子,她也无计可施。

脂胭站起身,走到陆雄祥的身边,轻轻说:"咱们做一个游戏好不好?"

"做游戏,你陪着我玩,好哇,好哇。"陆雄祥拍着巴掌高兴地嚷嚷着。

"咱们石头剪刀布,你输了就要听我的,好不好?"

"好。"

脂胭把手背到身后:"预备,出。"脂胭出了拳头,陆雄祥出了剪刀。

"你输了,要听我的呦。"脂胭笑着对陆雄祥说。

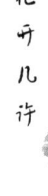

"那——好吧。"陆雄祥睁着童真般的大眼睛看着脂胭。

"你乖乖地坐到椅子上吃饭,好不好?"

"好。"陆雄祥顺从地坐在椅子上。

大太太满意地看着这一幕。自己的儿媳妇如此给自己争脸,她这个当婆婆的能不满意吗!

早饭,就这么平静地吃完了。

回到房间的脂胭,还没来得及换衣服,陆雄飞就跟了进来。

陆雄飞凝神瞧着脂胭,眼神闪过一色微蓝的星芒,像流星炫耀星际,转瞬不见。他用力攥紧脂胭的手,声音沉沉地说:"你知道吗?我越来越爱你,你是我此生唯一的妻子。"

他的手那么用力,疼得脂胭暗暗咬紧嘴唇。他紧紧拥脂胭入怀,恳挚地说:"我必不负你。"

如同坠在惊喜与茫然的云端,仿佛耳边那一句不是真切的,却是实实在在,不知怎的,一滴清泪从脂胭的眼角缓缓滑落。陆雄飞张开双唇,轻轻地吸吮着,他拍着脂胭的后背说:"别哭,我们去骑马好不好?"

"我可以吗?"脂胭不再流泪,头靠在陆雄飞的胸前。

"当然可以,有我在,有什么不可以的。"

两个人来到马棚。

陆府的马棚很大,里面饲养着几十匹好马。见少帅过来,马棚饲养人老康急忙过来,给陆雄飞请着安说:"少帅,您要出去啊?"

陆雄飞点了点头,说:"我前几日带回来的那匹马呢?给我牵过来。"

老康连忙说:"在那边,我饲养得好好的,我这就给您牵过来。"

几句话的工夫，老康便把那匹马给牵了过来。那匹马周身的毛呈栗色，肩部、臀部略长，脂胭自幼在王府骑马，一眼便认出了这是匹汗血宝马。

脂胭惊喜地上前抚摸着这匹汗血宝马。

"喜欢吗？"陆雄飞眼中尽显温柔。

"当然。"脂胭双手环住马的脖子，把下颌贴近马的脖子，爱不释手地说。

"这匹马是我送你的结婚礼物，现在我们去骑马。"陆雄飞一把抱起脂胭，把她放在汗血宝马的马背上。他翻身上了老康刚给他牵来的玉兔儿战马。"驾。"两匹马一红一白从马棚里飞跑出来。

这一切都被在阁楼上的大少奶奶婉芬看在眼里。女人一旦嫉妒起来是毫无理由的，婉芬三把两把撕碎了手中的书，她的牙齿紧紧咬住嘴唇，殷红的鲜血顺着嘴角滴滴答答淌了下来。她恨，恨少帅的只见新人笑，恨少帅的无情，同时，她也深深恨着脂胭的美貌和清纯。脂胭的到来，似平静的湖面上刮起的旋风，让她失去了平静，而且是永久的平静。她恨不能和脂胭好好吵上一架，或者直接把脂胭从陆府里赶出去。但仅存的一点理智告诉她，少帅对脂胭的宠爱，大太太对脂胭的保护是众人都看在眼里的，如果直接和脂胭对着干，只会激起少帅和大太太的反感，说不定自己现在大少奶奶的位置都会不保。不行，得想个两全其美的法子，既算计了脂胭，又不伤了自己。

一抬眼，她看见了站在马棚外发呆的苏格丽，嘿嘿一阵冷笑在她脸上闪过。

"去，把苏小姐请过来。"她唤着身旁的福子说道。

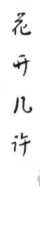

陆雄飞和脂胭骑着马双双飞奔出陆府，来到永定河畔。两人翻身下了马。

"怎么样？"陆雄飞爱怜地捋了捋脂胭耳前的碎发。

"好哇！"脂胭一脸灿烂地笑道。

"好就给它起个名字，它属于你的，日后你还要经常骑的。"

"嗯——你的马是白色，叫玉兔儿，我的马是栗色，那就叫赤兔儿吧。"脂胭揪了把青草在手中把玩道。

"好一个赤兔儿！这名字起得好。"陆雄飞把脂胭一把揽入怀中。

"别这样，小心让人看到。"脂胭害羞般地挣脱出陆雄飞的怀抱。

"看见就看见了，有什么不能让人看的。"陆雄飞正说着，只见不远处一个放羊的老头正向这边不住地张望。陆雄飞哈哈一阵大笑，重又把脂胭搂入怀中。

"明天我就要带兵走了，此次开战不知道什么时候才能回来。"陆雄飞皱紧了眉头说道，头低俯下去，轻轻吻了脂胭的脸颊，又说道，"我走后，你有事可随时去找太太，万不可和二太太她们闹翻。"

"为什么我不能和二太太闹翻？"脂胭扬着脸故意问道，其实此中利害关系脂胭早就听宋妈说起过。

"二太太的表兄，也就是苏格丽的伯父是大帅身边的参谋，在大帅面前说一不二，俗话说不看僧面也要看佛面，看在苏参谋的面子上，也不宜和二太太计较，况且大太太凡事也要让她三分。"

"哦——"脂胭长哦了一声，陷入深思。

"你的小脑袋瓜又在琢磨什么,你只要记住我说的话就行。"陆雄飞轻抚着脂胭的脸颊说道。

"我偏不记住。"脂胭拿根细草捅着陆雄飞的鼻孔调皮地说道。

"你——"陆雄飞翻身将脂胭压住。这时,脂胭忽然想起了凌峰,不知道他现在怎么样了,是否离开了王府,离开了北平。脂胭内心一阵烦乱,推开陆雄飞。脂胭坐了起来,理了理弄乱的头发,说道:"我们该回去了。"

此时,大少奶奶婉芬屋内正是茶烟袅袅。苏格丽和大少奶奶婉芬面对面正坐在软榻上喝茶。

"大少奶奶,你好脾气,由着她这么放肆。"苏格丽摇着手中的檀香小扇,撇着嘴说道。

"我一个弱女子,我能有什么办法,少帅宠着她,大太太护着她。我可不比妹妹你,娘家势力大。"婉芬叹了口气,幽幽地说道。

"那也是——"苏格丽动了动身子,端起茶杯,喝了口茶。

"即便如此,大少奶奶也不用太委屈了自己。刚才我亲眼看见少帅带她出去骑马,那可是一匹难得的好马。有了好东西,应该先由大少奶奶您亲自挑选,剩下的才是她小老婆的,没有犯规越上的理。"

"唉,这个理只有妹妹你知道,你敢说,我哪敢说?"婉芬挤下了两滴眼泪。

"有什么敢不敢的,她再不把大少奶奶您放在眼里,我定轻饶不了她。"苏格丽目光冷冷地说。

"那多谢谢妹妹您了,有了妹妹您,姐姐我再也不用受委屈了。"

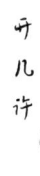

大少奶奶婉芬擦着眼泪说道。

陆雄飞和脂胭回到陆府的时候,已是晚饭时分。一家人坐在一起各怀各的心事,平静地吃着晚饭。

"妹妹,今天出去辛苦了。"大少奶奶婉芬一改上次对脂胭的无礼,往脂胭的小吃碟夹了口笋丝,柔柔地说道。

"谢谢大少奶奶,没什么辛苦,只是出去办了点事而已。"见大少奶奶给自己夹菜,脂胭微欠了欠身子客气地说道。

"喏,以后我们出去玩,也就是办事喽!"二太太采九莲撇撇嘴,叫着板说道。

"二太太,总是喜欢开玩笑。"陆雄飞接过二太太采九莲的话茬,呵呵地笑着说。

"是啊,二太太每次出去办事,我也没阻拦过。"大太太放下手中的筷子,看着二太太说道。

见大太太这么说,二太太采九莲没再说什么。桌前一时静了下来。

四

第二天一大早,脂胭还在睡梦中,陆雄飞带兵开往了前线。

"我要找胭脂姐姐,我要找胭脂姐姐。"一阵童真般的声音惊醒了脂胭。脂胭揉了揉睡意蒙眬的双眼。

"可心。"脂胭大声唤着可心。可心应声推门走了进来。

"谁在外面嚷嚷?"

"是二少爷,他要找你。"可心拿过衣裳帮脂胭穿好。

"找我?"

两个人正说着,门吱扭一声被推开,从外面跑进来一个人,正是二少爷。

"胭脂姐姐,胭脂姐姐。"陆雄祥捧着一大把海棠花,花上犹有露珠。

"你找我?"脂胭微笑着看着陆雄祥,虽然很讨厌二太太,但对她这个儿子却是打心眼里喜欢。或许是他的童真感染了她,让她在深宅大院感到清新和自然。

"对呀,胭脂姐姐你看这花开得多漂亮呀,你肯定喜欢。"陆雄祥把花递给脂胭。

脂胭接过海棠花,深深嗅了嗅:"好香。"脂胭一时陶醉在花香中。

"胭脂姐姐,你要了我的花,可得陪我玩。"陆雄祥一脸的认真。

脂胭把手中的海棠花插到花瓶里,对陆雄祥说道:"我不叫胭脂,我叫脂胭,记住了。"

"我就叫你胭脂姐姐,你就是胭脂姐姐。"陆雄祥拍着手叫道。

"好,随你吧。"

三个人正说笑间,门外响起了二太太采九莲的声音:"雄祥,雄祥。"

"二太太在找你,你还不出去。"可心催促着陆雄祥。

"哼。"陆雄祥哼了一声,不情愿地开门走了出去。

天气渐渐热了起来,一晃陆雄飞带兵打仗已有月余,脂胭从大太太的口中得知,前方战事并不看好,陆雄飞连连吃了几次败仗,大帅甚为恼火。脂胭的心情渐渐郁闷起来。这期间陆雄祥天天缠着她和可心,以

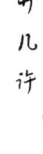

至陆雄祥的幼稚可笑多少给她解了点闷子。

这天午后,脂胭正要练字,秦妈过来传话说,大太太找她。

脂胭放下手中的笔,跟随秦妈来到大太太处。

"来,坐。"大太太热情地给脂胭让着座,"秦妈,倒茶。"大太太的热情倒让脂胭觉得局促。

"太太,您找我来,有事?"脂胭试探地问道。

"哦,是有事。"大太太缓缓地吹着茶沫说道,"可心芳龄已有二十左右了吧?"

"是二十整。"脂胭疑惑地望着大太太,她不明白为什么大太太会忽然问起这个。

"该找人家了。"大太太微微一笑。

"是该找人家了,只是一时没有合适的。"

"现如今,咱家倒是有一个,不知你的意思如何?"大太太依然含着微笑。

"是谁?"脂胭顿时紧张起来。

"就是二少爷雄祥。"大太太停止了微笑,取而代之的是一脸的严肃。

"怎么?是雄祥。"脂胭霍地站了起来,"不行,可心不能嫁给他。"脂胭想都没想,一口回绝了大太太。

"怎么不能,雄祥再怎么说也是个少爷,进门就当掌家奶奶,有什么不好?"大太太脸上布满了阴云,沉着脸说道。

"他,他的智商——"脂胭眼中满含泪花。

"雄祥的智商是低了点,像个孩子,可这真的没什么,女人嫁汉嫁汉,穿衣吃饭,门第才最重要。"大太太拉起了脂胭的手说道。

"这不糟蹋了可心吗?"脂胭泪如雨下。

"怎么能说糟蹋了,可心嫁到咱们家,你们姐妹不正好朝夕相处吗?好过她嫁到外面。"大太太喝了口茶,缓一缓又说道,"这是二太太的主意,她说雄祥和你们姐妹相处得很好,离不开你们姐妹,我瞧着雄祥也很喜欢你们,雄祥也到了娶妻生子的年龄,雄祥的情况,家生的女儿好过外面找的。我就答应了二太太。"说完,两眼直瞅着脂胭。

脂胭狠狠地扭着手中的绣花粉色方帕,久久没有回答大太太的话。脂胭不同意可心嫁给雄祥,不光因为雄祥是个弱智,更主要的是脂胭不乐意可心嫁到陆家。陆家已经让脂胭如履薄冰,深知其中的利害,自己怎么能再把可心拉进火坑。脂胭希望可心嫁给一个年轻有为,自己中意的男人,哪怕穷了点。脂胭想到了凌峰。

"太太,我和可心不会同意这门婚事的,还请太太打消这个念头。"脂胭低着头缓缓地说道。

"恐怕由不得你们。"大太太皱着眉头,停了停又说道,"二太太已经请了老爷做主,你们同意也得同意,不同意也得同意。"大太太目光锐利地看着脂胭,又补充了一句说,"前方战事失利,雄飞在大帅面前失了势,咱们要想东山再起,还得仰仗二太太的表兄苏参谋,这个道理你应该懂的。"

"那就没有别的法子了吗?"脂胭抬起头,水汪汪的眼睛乞望着大太太。

"没有。"大太太斩钉截铁地说,想了想又说,"我知道你们姐妹情深,

· 051 ·

回去你好好劝劝可心，这几日为避免横生枝节，你们姐妹就不要出门了。"

脂胭流着泪，从大太太屋走了出来。半路上正碰见可心和陆雄祥，脂胭拉起可心就走。两个人一路小跑着回了屋，全然不顾陆雄祥在后面高声叫嚷。

进了屋，脂胭"砰"的一声把门关上。

"格格，你这是怎么了？"可心疑惑地问着脂胭。

"可心。"脂胭把可心拉到床边坐了下来。还没说话，脂胭的眼泪又流了出来。

"格格。"可心伸手给脂胭擦拭着眼泪，自己的眼泪也忍不住掉了出来。陪着格格嫁到陆府以来，可心就像做了场梦魇般可怕和恐怖。

"他们要把你嫁给雄祥。"脂胭继续流着泪说道。

"什么？"可心睁大了眼睛，"格格，你要救救我，我怎么能嫁给一个傻子呢？"说着，可心扑通给脂胭跪了下来。

"你起来。"脂胭拉起可心，"我也不会让你嫁给雄祥的。"停了停，脂胭说道，"这样，与其坐以待毙，不如我们想办法出去，你回王府去找凌峰，让他带着你远走高飞。"

"这样行吗？"可心犹疑地望着脂胭。

"行不行，也只有这一个法子了，我们现在就出去。"说着，脂胭拉起可心就往外走。

在马棚，脂胭看见了老康，就对老康说："我们要出去遛马。"

老康见了脂胭忙行礼道："二少奶奶，大太太有话吩咐，这几日，谁也不能骑马出去，您要出去，得回禀大太太，大太太同意了，我才能给您备马。"

脂胭明白了这是大太太担心她们逃走，已经把她们囚了起来。见老康不肯备马，脂胭只得带着可心回屋。

两个人面对面地坐在屋里，谁也没有开口说话。脂胭把玩着手中的海棠花，把花瓣一瓣一瓣地弄下来，平铺在手上，心中豁然开朗，计上心头。

"可心，你去多多给我做些海鲜来。"脂胭吩咐着可心。

"格格，你饿了吗？"

"对，我是饿了，你快去。"脂胭微微一笑，点着头说道。

"那好吧，我这就去。"可心答应一声，便走出了房门。

约莫一个时辰，可心便端着大盘小盘的海鲜走了进来。

把盘碟放在圆木桌子上，可心唤醒了正在熟睡的脂胭。

"格格，海鲜好了。"

脂胭揉了揉惺忪的睡眼，坐了起来。洗净了手，脂胭坐在桌前，大口大口吃着海鲜。

"格格，你慢点。"可心诧异地看着脂胭。这不像往常的格格，格格向来吃东西都非常讲究，从不狼吞虎咽，这也是王府的规矩，今天格格这是怎么了？莫不是我要嫁人，格格受了刺激。想到这里，可心伸手阻拦脂胭。

"格格，你别吃了，这样吃，你会把胃口吃坏的。"

"我就是要吃坏肚子。"脂胭咻咻地笑着说。

"为什么？"可心一头雾水。

"一会儿，我到诊所后，你要趁着大家不注意的时候赶紧逃走。知道吗？"脂胭停止了狼吞虎咽，认真地说。

原来如此。

"格格。"可心一把攥住脂胭的双手，泪流满面。

"别哭，你去给我拿些菠萝来。"脂胭拍着可心的手说。

"拿菠萝干什么？"

"好让肚子疼得快点啊。"

"格格，别这样，这样太危险了，我不逃了。"可心擦了擦眼泪说道。

"不行，你必须逃回王府，快去。"脂胭催促着可心。

见拧不过脂胭，可心只得走出去拿菠萝。

吃了一个菠萝后的脂胭，没过一个时辰，肚子痛了起来，紧接着便哇哇吐了起来。

"宋妈，宋妈。"可心一面照顾着脂胭，一面大声喊着宋妈。

"呦，这是怎么了？"赶进屋内的宋妈见此情景，不禁吓得呆住了。

"宋妈，快去禀报大太太，就说二少奶奶突发恶疾，得赶紧送往诊所。"

"哎。"宋妈应声赶紧跑了出去。

不一会儿，大太太带着秦妈便赶了过来。

"这是怎么了？"见脂胭吐了一地，在床上疼得大汗淋漓，大太太一时也慌了神。

"太太，得赶紧把格格送去瞧大夫。"可心哭着说道。

"是啊，是啊，秦妈赶紧备车送二少奶奶去诊所。"大太太慌忙扶起了脂胭。

几个人搀扶着脂胭往外走，只见脂胭面色苍白，嘴唇发青，浑身哆嗦成一团，众人着实吓得不轻。其实，这是脂胭定下的苦肉计。为了让可心逃走，脂胭不惜拿自己的生命安全做了赌注。吃完海鲜再吃热带水果，会让人腹泻，大病一场。

到了诊所，众人把脂胭放到床上。大太太对大夫就说："您看看我们家二少奶奶这是怎么了？"

大夫上前给脂胭做着检查。痛苦中脂胭狠狠拧了下在身旁照料的可心，压低声音说道："快走。"

脂胭故意地哎哟哎哟了几声，大太太等人忙问："怎么了？"

慌乱中谁也没有注意到悄悄退后的可心。可心溜出了诊所。

叫了一辆人力三轮车，可心直奔北平。她和脂胭商量好，逃出来先回王府找凌峰，再做打算。

"二少奶奶没什么大事，只不过吃坏了肚子。"大夫给脂胭开了药。

宋妈给脂胭喂了药，众人这才松了口气。大约过了一个时辰，脂胭才渐渐止住了疼。

"可心，扶二少奶奶。"大太太叫着可心。

"可心，可心。"秦妈连忙也唤着可心。见没人应声，众人这才发现少了可心。

一时间大太太仿佛明白了一切，冲着脂胭狠狠地说："你们做的好事。"说完拂袖而去。

回到陆家，大太太忙命秦妈连夜派人去追可心。

"追不到可心，你们谁也不要回来。"刚刚回府的陆老爷放下狠话。

"我要可心，我要可心。"不吃晚饭的陆雄祥在饭厅内打着滚。

"老爷，太太，这是有人故意放走可心哪，居心叵测呀。"二太太采九莲阴阳怪气地说。

"你说是谁？"陆老爷沉下脸，目光中闪着凌厉的光芒。

"还能有谁，当然是二少奶奶了。这不是明摆着的苦肉计吗？"二太太挑了下眉毛。

"把她给我叫来。"陆老爷发着话。

"老爷，她刚刚从诊所回来，恐怕——"大太太紧锁着双眉，不管怎么说，她从心里还是顾念脂胭的，疼儿子就疼媳妇这话不假。

"不，我要可心，我要可心。"几声大喊之后，只见陆雄祥口吐白沫，双手抽搐，浑身弯成了一张弓。

"快去请大夫。"二太太采九莲大声喊着。

但为时已晚，陆雄祥两眼一翻，便咽了气。陆雄祥自幼便有癫痫的底子，时不时地就会发作一会儿，自从脂胭嫁进陆府，他因为跟脂胭可心玩得好，便没有再发作。这也是二太太想娶可心的原因之一。

"我的儿子——"二太太采九莲凄厉的声音划破夜空，融进茫茫夜色中。

脂胭被关进了祠堂。

可心连夜赶回了北平。

"当当。"门环急促地响起。福伯咳嗽着走了出来。门吱呀咣当几声被打开。

"可心。"见是可心福伯又惊又喜，"你怎么回来了？格格呢？"

福伯忙把可心拉进门内,急切地问。

"先别问了,我要见王爷福晋。"可心擦着头上的汗。

"王爷福晋都歇息了,我去叫醒他们。"

福伯把可心带进了王爷福晋的堂屋。

里屋王爷福晋都已醒了。刚才可心的砸门声早已把他们惊醒,如今兵荒马乱的,有点动静便会醒过来。

"可心,脂胭呢?"福晋着急地问。

"福晋。"可心如同见了亲人,扑进了福晋的怀里哭了起来。

"你先别哭,脂胭呢?她怎么样?"王爷一个劲地催促着可心。他和福晋一样着急,是他的主意把脂胭嫁进陆家,脂胭好不好,他比谁都着急。

可心停止了哭泣,把在陆府发生的一切一五一十地讲了出来。

"那脂胭现在怎么样?"福晋早已听得流下眼泪。

"我不知道,我回来的时候,格格还在看大夫。"可心抽泣着。

"王府你也不宜久留,二太太既然打上了你的主意,不到手,恐怕她是不会罢休的。"

"那我去哪儿?"

"这——去把凌峰找来。"王爷冲着在一旁听得发了呆的福伯说道。

福伯应声快步跑了出去。

凌峰和慕阳自从被警察局放了出来,王爷便不准他们轻易出门,一直安排他们住在后院。

凌峰和慕阳急急地随着福伯进了堂屋。

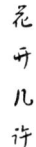

"可心。"慕阳一把拉住可心,"怎么没把脂胭带回来?"

"先不要说这些了。"王爷打断慕阳的话说,"我打算让你们带着可心去南边。"

"为什么?阿玛。咱们跟他们拼了。"慕阳攥紧拳头狠狠地说道。

"够了,动不动你就拼了,你有几条命够拼的。"王爷呵斥着慕阳。

"王爷,难道咱们只能这样了吗?"凌峰深思着说。自从脂胭嫁进陆府后,他心里一直很难受,他知道脂胭同意嫁进陆家,是为了救自己和慕阳。他之所以留在王府一直没走,是在找机会见脂胭一面,他要告诉脂胭那句他还没来得及说出口的话,他是爱她的。他要知道脂胭过得好不好。

"对,咱们只能这么做,不能硬碰硬,咱们碰不起。"

"那脂胭呢?"凌峰搓着双手说道。

"脂胭在陆府会没事的,有少帅照顾她,我很放心。"王爷信誓旦旦。

"你们收拾东西,这就走。"

"慕阳。"福晋望着儿子,流下了眼泪。虽然这个儿子并不是自己亲生的,但二十年的养育,早已形同己出。

"额娘,到了南边,安顿好可心,我再回来。"慕阳安慰着福晋。

"不,你们暂时不要回来,我已经给你们想好了出路。到了南边,你和凌峰都到大学里任教,那是避风港,你可不要再生事端。"王爷拿起了烟斗,点燃了烟,深深吸了口说道。

凌峰连夜带着慕阳和可心离开了王府,按照王爷设计好的,他们一路向南。

第二天一大早，陆府的人便追到了王府。

"我们并没有见到可心，她不是在你们陆府吗？"王爷答复着陆府的人。

见王爷这么说，陆府的人也不好再留在王府，留下两个暗哨，剩下的人回去复命。

福晋是在陆府的人走后上的车，她要赶去陆府，看望脂胭。她实在是不放心脂胭。

一路颠簸，福晋赶到了陆府。

只见陆府高搭白色挽棚，二少爷陆雄祥的灵柩停在里面。如福晋依理在灵柩前行了礼，大太太迎了出来。

二人寒暄了几句，便在会客厅内落了座。

"怎么不见脂胭？"如福晋微笑着问大太太。

"哦，脂胭正在病中不便出来。"大太太端起了茶杯，向如福晋敬着茶。

"那我去看看她。"说着如福晋站了起来。

"不可以。"一句冷冰冰尖厉的话从门外传了进来。二太太采九莲站在屋门口，怒目看着如福晋。

"这是二太太。"大太太向如福晋做着介绍。

"二太太好！"如福晋谦和有礼。

"我不好！你的女儿害死了我的儿子，我能好吗？"二太太采九莲快步冲了进来，直冲着如福晋大声嚷着。

"二太太，这话从何说起？"如福晋赔着笑脸说道。

"从何说起？从你的女儿设计放走可心说起。我可怜的儿子，你赔我儿子的命来。"说着二太太采九莲揪起了如福晋的衣袖。

"九莲，你这是做什么？这不让人笑话。"大太太慌忙拉开二太太。

"我不准你去看那个小狐狸精，谁让你去看，那就是跟我过不去。"二太太采九莲冲着大太太说道。

大太太的脸顿时红了起来。

待二太太采九莲走后，大太太无奈地对如福晋说："刚才的情形您也看到了，您现在实在不宜去看脂胭。"

如福晋就用乞求般的眼神望着大太太说："我悄悄地就看一眼行吗？"

大太太就说："实在不行，我们得顾及二太太的感受，不能因为您让我们一家子闹了生分，再说了脂胭也没事，过几天雄飞就该回来了，您放心好了。"

如福晋告辞出来。上了车，如福晋的眼泪就掉了下来，想想几十年了从来也没有这么低三下四求过人，心里就委屈得很。再想想脂胭，如福晋更是难受，自己没有见到脂胭，也不知道她现在好不好。看刚才二太太的嚣张，估计脂胭日子也不好过。想到这儿，如福晋剧烈地咳嗽起来，感到一阵血腥，她拿起手帕，捂住嘴，手帕顿时殷红一片。霎时间如福晋天旋地转，怪不得最近总是咳嗽，原来如此。如福晋感到大限已到，不禁悲从中来，为自己，也为脂胭。

如福晋回了王府，回来后的如福晋便病倒了。

脂胭一直被关在祠堂，二太太不准人去看望她，一日一餐除了宋妈，她谁也见不到。即使准人看她，在这深宅大院又有谁来看她？

　　几日后，陆雄飞回了陆府。陆雄飞是打了败仗回来的，大帅一时气恼便罢了陆雄飞的兵权，陆雄飞只和何参谋长一起回了陆府。

　　陆雄飞回了陆府，脂胭自然也就从祠堂内被放了出来。可是当天晚上脂胭并没有见到陆雄飞，陆雄飞一个人睡在了书房。陆雄飞在回到陆府后，先去见了大太太，大太太便把家里发生的一切对他讲了。陆雄飞锁紧眉头，长叹一声，没有说什么，便从大太太屋内走了出来，径自回了书房。陆雄飞有陆雄飞的盘算，此次战事失利，自己兵权被罢，要想东山再起，恐怕要借助外部的力量，苏参谋则是不二人选，自己要想接近讨好苏参谋，先得讨好二太太和苏格丽，让她们在苏参谋面前多说好话。可如今，脂胭闯下如此大祸，让他实在挠头，索性不见脂胭。虽然他的内心渴望见到脂胭。

　　脂胭是在第二天早饭时见到了陆雄飞，脂胭特意往陆雄飞处望了望，可陆雄飞好像没有看到她一样，脂胭的心里不禁微微一凉。强按下内心波涛，脸上尽量显露出平静，脂胭坐在座位上一言不发，冷眼瞧着要发生的一切。

　　"我记得苏小姐好像爱吃清炒笋丝。"陆雄飞示意秦妈把笋丝端到苏格丽面前。苏格丽听见陆雄飞这样说，咯咯地一阵笑说："多谢大少爷惦记着。"说完冲着脂胭挑了下眉毛，撇了撇嘴，复又说道，"我记得二少奶奶也爱吃清炒笋丝，是不是二少奶奶？"脂胭没有搭腔，只是脸微微地一红。她知道这是苏格丽在向自己示威挑战，她没有接下这个挑战牌,佯装没有看明白、听明白。

听见苏格丽如此说,陆雄飞也没有说什么,而是眼睛有些痴痴地看着苏格丽,好像着了魔似的。苏格丽见陆雄飞如此待自己,不禁扬扬得意。她一直嫉妒脂胭,嫉妒陆雄飞和脂胭的感情,不明白自己哪点比不上脂胭,怎么她就成了陆府的二少奶奶?可现如今,陆雄飞明摆着喜欢自己,她心里顿时乐开了花,心里乐开了花,脸上自然也就像开了花一样美滋滋的。

二太太见陆雄飞这样,心里也很高兴,就说:"大少爷在看什么呢?这么痴迷。"陆雄飞红着脸说:"没看什么。"说完把脸转向别处,正好和脂胭的目光碰到一处,陆雄飞像害怕什么似的,迅速把目光收了回来。

大家刚放下碗筷,管家张伯进来回话说,王府来人了,说福晋病得厉害,要接格格回去看看。脂胭听见忙站了起来说:"太太,额娘病重,我得回去一趟,还望太太允许。"大太太见脂胭如此情急就说:"也好,你应该回去。那就让宋妈陪你回去吧。"

脂胭匆匆回了屋,简单收拾了下行李,便带着宋妈出了屋。在走廊上,正碰见陆雄飞,陆雄飞依旧没有看脂胭,在脂胭和他擦肩时,低低地说了句:"路上小心。"闻听此言,脂胭的眼眶顿时湿润了,来不及细想,脂胭匆匆而过。

回到王府的脂胭,见到了病重的福晋,此时的福晋已是病入膏肓,奄奄一息了。福晋本来就有病疾,在陆府受了一顿窝囊气,再加上惦记脂胭,回来后便病倒了。王爷请了大夫诊治,大夫摇头说,恐怕福晋已是来日不多了。王爷这才差人叫回了脂胭。

福晋见到脂胭,强打精神喘了口气说:"脂胭你回来了,你还好吗?"

"额娘，我回来了，我还好。"脂胭趴在福晋的床前，已是泣不成声。

"脂胭，额娘怕是再也照顾不了你了——"福晋的眼泪顺着眼角边流了下来，湿了鹅黄色的绣花枕头。

"额娘，您别瞎想，您会长命百岁的，活到一百岁，一百零五岁。"脂胭擦着福晋的眼泪，哭着说。

"傻孩子，额娘的身子额娘知道，额娘只是不放心你和慕阳，慕阳莽撞，你又嫁到那么个人家。以后，凡是要多想想，要三思后行，要给自己留好退路，记住了吗？"福晋一口气说完，便剧烈地咳嗽起来。

入夜时分，福晋咽下了最后一口气。

脂胭望着素白的蜡烛，红红的火苗在一簇一簇跳动着，蜡烛的后面躺着自己的额娘。额娘那么静地躺在那里，好像睡着了一般。脂胭不敢大声呼吸，生怕吵醒了额娘。脂胭不相信额娘已经走了。这么多年，额娘虽然不是自己的亲娘，可是自己和额娘的感情胜似亲娘，是自己连累了额娘，是自己让额娘受了委屈，自己对不起额娘。脂胭就这样想着，想着。忽然，脂胭举起巴掌，抽打起自己的脸颊："额娘，女儿对不起您，对不起您。"瞬时脂胭的脸颊便红了一大片。

"二少奶奶，您这是做什么？"宋妈慌忙上前拦住脂胭。

"人死不能复生，二少奶奶要节哀顺变，千万不能伤了自己，要不我回去没法向大太太交代。"宋妈揉着脂胭的脸颊柔声劝道。

坐在一旁的王爷老泪纵横。福晋就这么毫无怨言地走了，永远地走了。这么多年，福晋对自己言听计从，顺手顺耳，哪怕自己在娶了脂胭的亲娘白云裳，她依旧没有一句抱怨的话，相反对白云裳，对脂胭姐弟俩，都抛出了一片真心。就是这么一个好女人，如今却先自己一步去了，怎么不叫人痛断肝肠。王爷的眼泪似决了堤的洪水汩汩地流着。

七日后，脂胭回到了陆府。

回到陆府的脂胭话很少，本来自嫁到陆府后脂胭的话就不多，这回遭此一变话越发显得少了。每天除了在餐桌前能见到陆雄飞外，她几乎见不到陆雄飞，自打陆雄飞回府后一次也没来过她的屋子，她也没有主动去找他。她在吃饭时，能从陆雄飞和苏格丽对视的目光中看出烟气袅袅热气腾腾，这让她的心陷入了绝望，她感到自己和陆雄飞的缘分尽了。可她又不甘心，她盼望着陆雄飞能够回心，毕竟他们有过那么一段美好的时光。

这天，吃过早饭，脂胭来到马棚。自从她得到赤兔儿，几乎爱不释手，每天都要骑上一回。老康见脂胭来到，早就把赤兔儿牵了过来，赔着笑脸道："二少奶奶，您出去？"

"是。"脂胭轻声答道。接过马的缰绳，脂胭翻身上马。双腿一夹马的腰身，这匹赤兔儿撒开四蹄，转眼出了陆府。

脂胭骑着赤兔儿来到永定河畔，陆雄飞曾经带她来过，这里留下了他们美好的足迹。翻身下马，脂胭在一个长满青草的土包上坐了下来，捡起一个土块，扔向浑浊的河水，脂胭的心就像河水一样，荡开涟漪。此次败兵回来，陆雄飞对自己一改原先的热爱，一副冷冰冰的面孔对着自己。她多少能明白陆雄飞的用心。他是在做给二太太她们看的，他要讨好二太太，助他东山再起。可是，尽管如此，难道他就不能做到两全吗？难道只是为了前途，就不顾及他们之间的感情吗？自己何时在乎过他是不是少帅。想到这里脂胭很伤心，眼泪流了下来，滴滴答答落在碧绿的草丛上。又坐了一会儿，看看天色不早，脂胭站了起来，抖抖身上的草叶，脂胭翻身上马。

"驾。"这匹汗血宝马顺着来时的路一路飞奔。行至快至陆府时，这匹马像是受到了惊吓，一声凄厉的长鸣，身子直立，旋即又狂奔起来，样子完全像疯了般。脂胭紧紧抓住马的缰绳，几欲让赤兔儿停下来，可是赤兔儿已经完全失控，一个趔趄，脂胭从马背上摔了下来，顿时不省人事。赤兔儿继续往前狂奔着。

"这不是陆府的二少奶奶吗？"早有好事的人围了上来，"快去告诉陆府。"

脂胭醒过来的时候，已是掌灯时分。蒙眬中脂胭轻唤雄飞，雄飞。

"二少奶奶，您醒了。"宋妈上前呼唤着脂胭。脂胭睁开迷糊的双眼，只见宋妈一个人在跟前。脂胭支起前臂，欲要起身，怎奈浑身疼痛，软绵绵的，没有一丝气力。

"二少奶奶，您可是不能动，您刚刚小产。"宋妈扶脂胭躺好。

"什么？"闻听此言，脂胭顿时睁大了眼睛。

"二少奶奶，合着您不知道您有孕啊？"宋妈一脸的迷惑。

"我有孕？"

"是啊，都三个月了，可惜了。"宋妈端过放在桌旁温着的一碗红糖水，喂脂胭喝下去。

脂胭闭上双眼。自己怀孕了，怀了陆雄飞的孩子，自己竟然不知道，还去骑马，从马背上摔下来，小产了。脂胭的眼泪顺着眼角流了下来。

过了片刻，脂胭抽噎了几下，重又睁开眼。

"大少爷来过吗？"脂胭转脸问着宋妈。

"这——"宋妈一阵迟疑。

"有什么话尽管说，不得隐瞒我。"脂胭见宋妈吞吞吐吐，着急地问着宋妈道。

"大少爷没来过，只是问了问大夫。"宋妈回答得小心翼翼。

"那你去叫大少爷，就说我找他。"

"大少爷，现在正在——"宋妈欲言又止。

"大少爷在干什么？你快说呀？"脂胭催促着宋妈。

"二少奶奶，您非要知道，那我可就说了，您可别难过。"宋妈扶起脂胭，半坐在床上，身后垫了软绵绵的睡枕，"大少爷正在操办和苏小姐的婚事，合府就您还不知道。"

脂胭的手紧紧地揉搓着棉被的一角，内心像被针扎了般难受，强按下内心的波涛，脂胭尽量平静地问宋妈：

"苏小姐，怎么肯做三房。"

"大太太许她进门就管家，和大少奶奶不分先后，不论大小。"

脂胭沉默下来。过了一会儿，脂胭对宋妈说："你先下去吧，有事我再叫你。"

"是。"宋妈答应一声，轻轻把房门带上，走了出去。

宋妈走后，脂胭用被蒙起了头，无声地哭了起来。哭着哭着，脂胭渐渐睡着了。睡梦中，一个穿着红肚兜的小男孩向脂胭跑来，脂胭激灵一下便醒了。醒了的脂胭才发现窗外淅淅地下着小雨。脂胭翻身下床，走到窗前，推开窗子，雨丝斜斜地飘了进来，脂胭深深地呼吸了一口，眼泪不自觉地又流了下来。脂胭没有理睬它，任由它流着，也任由思绪漫无目的地游荡着。赤兔儿好端端地怎么会像疯了一样，难不成被人做了手脚？脂胭的眉头拧在一起。倏地，苏格丽像闪电一样出现在脂胭的脑海里：那天，苏格丽将一个纸包交给马夫，见自己过来，便很不自然地匆匆离开了。难道是她？想到这里脂胭激灵地打了个冷战。再也沉静不下去了，脂胭披了件外套，迅速走出房门，她要去见陆雄飞，她要把自己的发现告诉陆雄飞。

陆雄飞一个人睡在书房里。

"你怎么这么晚跑来了？"见到脂胭，陆雄飞拧起了眉头。

"雄飞。"脂胭一阵哽咽，眼泪掉了下来，"你知道赤兔儿是怎么疯的吗？"脂胭泪眼汪汪地望着陆雄飞。

"嗯？"

"它是被人下了药。"

"被谁？"

"苏格丽。"脂胭说得斩钉截铁。

"无凭无据，你不要瞎说。"陆雄飞的脸沉了下来。

"我是没有凭据，我如果有，我就去告她。"脂胭冷冷地说。

"你为什么认定了就是她？"沉思了一下，陆雄飞问道。

脂胭便把自己撞见苏格丽给马夫一个纸包的事说了出来。听脂胭说完，陆雄飞长叹一声说："你不要小题大做了，你怎么认定那个纸包里是药？那也许是苏格丽送给马夫的东西呢？你不要太敏感了。"

"那苏格丽见了我为什么那么不自然,为什么有做贼心虚的感觉?"脂胭高扬着下巴说道。

"你就是太敏感!"陆雄飞有些不耐烦,挥了挥手说道。

"是我太敏感还是你不想追究!"脂胭步步紧逼。

"你简直是无理取闹。"陆雄飞的目光里像含着块冰一样冰冷。

"你——"脂胭气得一时说不出话来,稍微平静了下情绪,脂胭一字一句地说道:"我明白了,一切都明白了。"说完,她快步走出房门。

三天后,陆府张灯结彩,陆雄飞迎娶苏格丽。婚礼的规格远远高于脂胭,完全是按照正室的标准操办的。脂胭待在自己的房间里没有出去,外面,鞭炮齐鸣,锣鼓喧天,热闹非凡,可她的心如死灰般沉寂。她坐在桌前,翻看着书卷,静静地一页一页翻下去。

一个月后,陆雄飞在苏参谋的努力下,官复原职,重掌兵权。这期间,苏格丽每每挑衅脂胭,可因为脂胭的平静和冷漠,倒也相安无事。

这天,王爷来到了陆府,他是来求陆雄飞放掉慕阳的。

"王爷,这事真的不行,大帅密令,一定要严惩这帮革命分子,慕阳在其中。"陆雄飞说道。

"慕阳是你的内弟,不看僧面看佛面,看在脂胭的面子上,你一定要设法保全慕阳。"说到这儿,王爷老泪纵横。

站在门外的脂胭推门走了进来。

"阿玛,咱们别为难少帅,不要因为咱们的事影响到少帅好不容易奔来的前程。"脂胭用犀利的目光看着陆雄飞,冷冷地说道。

见脂胭这么说,陆雄飞的脸腾地就红了,讪讪地说:"你别这么说,这件事确实很难办,我也有我的难处。"说完,红着脸快步走出了房门。

慕阳是在一个月后以革命乱党分子的罪名被陆雄飞秘密处决的。也就是在这天,心如死灰的脂胭决定离开陆府,离开陆雄飞。巧的是这天她遇见了前来寻她的凌峰,她决定跟凌峰走。脂胭给陆雄飞留下了一封信,上面只有一首小诗:"随缘摆渡在红尘,是非恩怨何须分。千年明月今犹在,不见当年一古人。"便悄悄地出了门。只是脂胭不曾想到的是,她刚走,苏格丽便来到了她的房间。女人一旦嫉妒起来,是毫无理由的,苏格丽三把两把便撕碎了脂胭留给陆雄飞的信。

八个月后。

"用力,用力,头出来了。"接生婆大声地嚷着。脂胭满头大汗,使尽了浑身力气,随着一声响亮的啼哭,脂胭生下了一个男孩。

脂胭昏了过去。

当脂胭醒来时,已是掌灯时分,可心端来一碗红糖水,一口一口喂脂胭喝下去。脂胭稍微有了些精神。

"格格,是个男孩,眉毛、眼睛都像你。"可心开心地说。

脂胭扭过头去,看了看躺在自己身边的儿子,小家伙睡得正香。脂胭流下了眼泪。这是她和陆雄飞的骨血,而此刻陆雄飞在哪儿,在干什么?是否在想着她?她不得而知,她也不想知。结束了,一切都结束了,一切不会因为孩子的到来而改变什么。脂胭擦了下眼泪。

"格格,给孩子起个名字吧。"

"嗯——就叫凌上吧。"脂胭想了想说道。

"为什么叫凌上？"可心睁大了眼睛迷惑地问。

"我想给孩子一个完整的家。可心，你和凌峰愿意收养他吗？视如己出。"脂胭拉起了可心的手。

"格格，我和凌峰？"可心红了脸。

见可心红了脸，脂胭微微一笑说："你不是很喜欢凌峰吗？"

"格格——"可心的脸更红了，"格格，可他喜欢你。"可心的声音很低，低到几乎只有自己才能听到。

"他喜欢谁不重要，关键是你喜欢他，是不是？"脂胭托起了可心的脸颊，轻声地说，"我和凌峰已是不可能了，从我进陆府的那天起，我和凌峰的缘分就已经尽了。"脂胭的目光露出悲伤。

一个月后，脂胭告别了凌峰和可心，独自坐上了开往美国的轮船。

十年后，远在美国的脂胭收到了一封来自北平的信，信的落款是爱新觉罗·慕阳。脂胭的眼泪噼里啪啦落满了信笺。信里写得很明白，十年前，慕阳并没有被陆雄飞枪决，而是在枪决的头天晚上，被秘密送走了。而今，慕阳已是一名资深的记者。

脂胭的眼泪整整流了一个晚上……

脂胭和陆雄飞再见面时，是在二十年后。

凌上推着陆雄飞来见脂胭。因为二十年前的战事，陆雄飞的腿受了伤，只能坐在轮椅上。苏格丽在陆雄飞坐在轮椅上的当年，就离开了陆雄飞。这二十年来，陆雄飞完全靠大太太婉芬过活。而凌上在凌峰告知他身世后，便赶来见陆雄飞。他知道亲生父亲最想的是什么，他费尽周折带着陆雄飞千里迢迢来到美国,来见脂胭。

当夕阳吐尽最后一丝残红时,陆雄飞见到了脂胭。两个人已是分别了整整三十年。

"你还好吗?"陆雄飞用颤抖的声音问着脂胭。

"好。你呢?你还好吗?"脂胭泪流满面。

"勉强活着。"陆雄飞也流下了眼泪。

两个人流着眼泪,一时沉默下来。

"还在怨我吗?"陆雄飞抓住脂胭的双手,眼睛似火焰般地熊熊燃烧着。

脂胭没有说话,只是两眼深深地望着陆雄飞。脂胭扑进了陆雄飞的怀里:"雄飞,我们再也回不到从前了。"脂胭放声大哭着。

月光如水般倾泻着……

梧桐叶雨

叶惊风,名字起得颇有些意思。据说起这个名字是因为他生下来不久,就得了惊风。再加上生他时,正赶上深秋。"一叶惊风知深秋。"他的爹虽然是山里人,可是学问还是有的。秋,是深沉的,是收获的,是蕴藏的。所以他就得了这个名字。

这天,叶惊风像往常一样出海。天气很好,风轻轻柔柔地吹着,像是极空灵的女子在耳边低声浅唱。海浪有节奏地拍打着船帮,啪,啪,不急不缓,好似高超的艺人在拍打着优美的节拍。这让叶惊风的心情分外好。他站在船板上,一只手插在腰间,另一只手则拿着高倍数的望远镜。透过圆圆的镜片,他清晰地看见了远处的几艘渔船,甚至他能看清渔船上的人。他让望远镜从一条渔船转向另一条渔船,再从另一条渔船转向下一条渔船。很可惜,他望不见海底正在偷偷向上翻滚的汹涌暗潮,他望不见一场前所未有的灾难正在悄悄向他靠拢,望不见生离死别正在向他招手。

他在这片海上待了已经整整十年了,身边的战友换了一批又一批,而他却没有动。领导曾经考虑过让他回到岸上,也找他谈了话。可他却要求继续留在这片海上。为什么，他自己也说不清。就像第一次来到这片海上，他流出了平生第一颗眼泪。他只觉得这片海依稀来过，莫非在梦中？他不知道。他只知道这片海的味道是那么熟悉，就像熟悉自己身体的每一寸地方。尤其是这儿的海风，更让他充满了深情和眷恋。

这儿的海风是蓝色的，是那种温柔的蓝。这种温柔，这种蓝，让你想把它轻轻地拥在怀中，呼吸也不敢，生怕一丝的呼吸惊吓了它，亵渎了它。它是纯净的，纯净得像是冰山上的雪莲花，不染一丝尘埃。他在这蓝色的海风中守护着这片海整整十年。十年的岁月说长不长，说短不短。他从十八岁的青春小伙慢慢地为人夫、为人父。

他的妻子叫夕月，人和名字一样美。他爱她胜过爱自己的生命。他们的相识充满了传奇色彩。

那是五年以前，他上岸后第一次回老家。他的老家在自然风景非常优美的一处山区，这里由于交通还不发达，来游玩的人很少。他就是在老家，第一次见到了妻子夕月。

那天，他早早地就起了床。娘整晚不停地咳嗽，撕裂了他的心，他不停地给母亲倒水、捶背。他要娘跟他去离家百十里的大医院看看。娘的笑在被岁月风霜刻满了皱纹的脸上，缓缓地漾开。娘说：

看啥子呦，几十年了就这样。

他揉了揉发酸的鼻子，强忍住晃来晃去的眼泪，对娘说：

娘，我要给您看，我让您长命百岁。

娘用干枯嶙峋的手抚摸他的头，摇了摇头说：

都想百岁，百岁能有几个，娘看你好好的，娘就知足了。

任他再怎么跟娘软磨硬泡，娘就是不肯跟他去医院。

他知道娘是不想拖累他。他也知道娘决定的事情怎么说也不会更改的。

所以，他早早地就起了床。他要去采草药。他要自己配药，给娘治病。

他跟爹采过药。

他的爹是懂草药的，常年给方圆几十里的山里人看病。家里富裕的就给点诊费，穷的不但给不了诊费，爹反而要搭上草药。大山对人是恩惠的，草药只要肯采，就能采得到。只可惜他在十岁那年，爹为了采悬崖上的那颗千年灵芝，给娘配药，从百十米高的悬崖上摔了下来。

爹就这样带着深深的不舍和遗憾走了，丢下他跟娘。他们娘俩相依为命在大山里生活。直到叶惊风十八岁那年应征入了伍。叶惊风走后，娘一个人继续留在山里，留守着曾经属于三个人的家。

这时，东方已经吐白，有了一丝丝微红，很像一个怕见生人害羞的大姑娘，在那儿捂着红彤彤的脸蛋，想出来又羞答答地不肯。叶惊风背上背篓，把几捆攀岩用的绳索扔进背篓，狠狠地系了几下后，甩着轻快而又急促的脚步出了家门。

叶惊风最喜欢看日出。原先还没入伍时，每当破晓时分，叶惊风总是来到离家不远的山头看日出。他能在心里准确计算出那丝红什么时候冒头，什么时候犹抱琵琶半遮面，什么时候鼓乐齐鸣跃出地平线，升腾在空中。然而，今天，他却没有兴致，他要抓紧时间采药，他要这些沾着大山仙气的草药马上化作灵丹，注入娘多灾多病的身体。他幻想着娘在喝了他亲手采亲手熬的草药后，咳病能一下子被消灭掉，娘苍白无血色的脸能立马红润起来。虽然,他明知道这是他的幻想,是他的一厢情愿。但他就是这么倔,一旦认准的事,认准的理,别说是九头牛,就是十头、二十头也拉不回来。他就是这么个人。

他仰起头看了看山头。山不算高。他隐约能看见山头雾气缥缈中晃动的几个人影,隐约还能听见不太清楚的笑声。笑声很清脆、很柔细,是女孩特有的嗓音。他嘴角扯动了一丝轻轻的笑,多好的年龄,多纯真的年龄。连笑声都是这么清澈干净,无忧无虑。不像他,虽然刚满二十四岁,可自幼生活的艰辛,奋斗的不易,早已把他磨炼得很是沧桑。他有着一张矛盾的脸,明朗英俊的脸孔总透着那么一股子忧郁,连眼神都黝黑中混杂着深蓝,就像深蓝色的大海,这更增添了他忧郁的色彩。连队的指导员王大炮总管他叫"忧郁海王子",说他的眼神中有大海,只是这片海更多的是波澜不惊、是平静。"你要不成为优秀的海兵,都对不起你这双眼睛。"王大炮拍着叶惊风的肩膀说。虽说是玩笑话,可更像是一种肯定和鼓励。

一只长着白色长尾巴的山鸡从叶惊风身侧的草丛中,扑棱棱拍打着鲜艳的翅膀,啾啾地叫着飞了出来。叶惊风不再多想,也不再继续向山头看下去。他低头寻找着他要找的草药。

今天,太阳像是着急见什么人似的,一改往常出门的时间。在叶惊风两把草药刚扔进背篓时,它就迫不及待地跃出了地平线,眨眼的工夫就升腾在半空中。金灿灿的光芒东道主般地,毫不吝啬地全部拿了出来。叶惊风身上披上了金色,就连脚下的草药也是一片金灿灿的。

叶惊风直起腰身,不由自主地向山头看去。在他还没看清山头时,

就听见了一声惊恐的尖叫,随即一个人影从山头上直愣愣地摔了下来。

"哎呀!不好!"叶惊风的心咯噔一下,心一下子蹿到了嗓子眼,身上一秒不停地起了一层密密麻麻的鸡皮疙瘩。就在叶惊风攥紧拳头时,掉下来的人影非常幸运地像中了六合彩,被半山腰上伸出来的树杈挂住了,并没有落地。

来不及多想,套上绳索,叶惊风如猿猴般迅速地攀向悬崖,一步步像那个挂着人的树移动着。他要救下那个人。虽然他不知道那个人是谁,他也不需要知道那个人是谁。人就是这样,一旦拥有一颗侠肝义胆的心,是能忘掉自己的安危,置自己于不顾的。叶惊风恰恰拥有这样一颗心,一颗侠肝义胆的心。

他距离那棵树越来越近,希望也越来越近。他看清了树上的那个人。那是个姑娘。一个看上去好像很好看的姑娘。叶惊风因为在部队训练的缘故,使他练就了一双敏锐的眼睛,什么人、什么物打眼一扫就能看个清楚。姑娘并没有被摔晕或者是摔死,双臂紧紧地抱住树杈,她努力地想让整个身体贴近崖壁。

叶惊风终于靠近了姑娘,凭着直觉,叶惊风断定这不是一般的女人。她没有平常女人的慌乱和恐惧。相反,她好像还很镇定。

"把手给我。"叶惊风向姑娘伸出了宽厚的手掌。姑娘转头看了一眼叶惊风。叶惊风只觉得自己的心狠狠地颤了颤,再狠狠地颤了颤。那是一双非常美丽的眼睛,大大的,里面盛满了灵动聪慧的泉水。

姑娘朝叶惊风微微点了一下头,眼神充满了信任和坚定,迅速地把手伸给叶惊风。叶惊风一只手紧紧拽住绳索,半搂抱着姑娘,离开摇摇欲坠的树杈。

约莫半个钟头的光景，两个人终于双脚着了地。山头上的那两个姑娘早就冲到了山下，一见被救的姑娘下来，连哭带笑地扑了上来。三个人紧紧拥抱在一起。

"夕月，夕月，你没事吧。"两个姑娘把那个被救的姑娘从下到上，从上到下看个遍。"没事的，我这不好好的吗！"那个叫夕月的姑娘故作轻松地转了一个圈说。

"你可吓死我们了。"那两个姑娘捶打着夕月。看到这儿，叶惊风不禁笑了。他笑得很欣慰、很干净，甚至还带些羞涩。

那个叫夕月的姑娘脸有些微红，上前走了一步，对叶惊风说："谢谢你刚才救了我。"说完，大方地伸出了手。

这时，朝阳的金色霞光洒满了整座大山，阵阵热浪在山间升起、汹涌。叶惊风只觉得被这股热浪包围着，英俊的脸庞凑热闹般地有了热度。

叶惊风见姑娘向自己伸出了手，忙把手伸了出去。

哈哈哈，夕月身后的那两个姑娘爽快地笑了起来。夕月也笑了笑，眼睛瞄向叶惊风伸出的那只手。见三个姑娘这样笑，叶惊风很纳闷，眼睛万般不舍地从夕月的身上收回，随即看向自己伸出的那只手。

原来是自己伸错了手。

叶惊风不好意思地笑了。两只手刚刚握在一起，两人眼光便紧密地交织在一起。

仿佛很久，久到身边的鸟儿飞了又回，回了又飞，飞飞回回，回回飞飞，忙个不停。

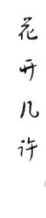

咳咳，那两个姑娘故意的咳嗽声，才让两只握在一起的手意识到了失态，他们连忙分开。夕月冲着叶惊风笑了笑。

夕月笑起来很美，一种说不上的美。就像天边那轮弯月，光芒是高贵的、神秘的、诱人的，让人心生向往的。

叶惊风一时竟看呆了。叶惊风只觉得离这轮月越来越近、越来越亲，近得伸手就能触摸到、抚摸到、拥抱到。他的心剧烈地跳着，非常剧烈地跳着，像九百只兔子在那儿上蹿下跳，而且这些兔子还拿着捣药的槌子，在那儿可劲地鼓捣，鼓捣得叶惊风彻彻底底、干干净净地忘掉了自己，忘掉了大山，忘掉了世界，忘记了一切。

夕月的嫣然一笑真是媚呀，媚得极致，媚到骨子里，媚到每一个细胞里。大诗人白居易笔下的"回眸一笑百媚生"，想来就是如此。一个媚字，足以颠覆整个鼎盛的唐朝，让开元盛世迅速淹没在历史的长河，马嵬坡红颜长恨，多情的三郎自此后白发对月无尽神伤，独自思量当年深闺情狂。是的，说得没错，夕月的笑真是媚。叶惊风只觉得这辈子和这个叫夕月的女孩再也分不开了，他的生命、他的血肉、他的神经都交给了夕月。夕月就是他的一切，他的天，他的地，他的"七仙女"。而他就是那个穷小子"董永"。

董永娶了七仙女，而他也娶了夕月。他们的婚礼在三个月后举行。世上的事说来也是巧得很，有趣得很。夕月原来是海军文工团的歌唱演员，父亲正是叶惊风所在师的参谋。他们的结合在门第观念的人看来，实实在在是门不当户不对，但七仙女偏偏看上了董永，非他不嫁，王母娘娘不也是由着七仙女了吗。夕月就是那个七仙女，好在夕月的父亲门第观念不强，门户不门户的也无所谓。只要两人情投意合，他愿意成全女儿。

他们结婚那天，正是桂花飘香的日子。月亮升在空中。月亮的周围布满了细细碎碎的星星。星星很多，很亮，像是一颗颗光芒耀眼的钻石镶嵌在空中。叶惊风握着夕月的手，百般爱怜地对夕月说，我没有钻石送给你，好在我有一颗心，我把它作为钻石送给你。夕月没有说话，她的眼泪在说话，大颗大颗的眼泪仿佛天上的钻石滚落下来，颗颗落在叶惊风的手里。

他们在露台上坐了很久，月亮西斜时，桂花的香味更加浓烈起来。这时，露水已经很浓重，空气中的桂花香味和露水的水香味融合在一处，越发使这夜色更加美好、更加迷人。叶惊风和夕月都有点晕乎乎的，好像坐在云端里，整个世界都影影绰绰，漂浮不定。但同时他们又觉得心里热乎乎的，身上的热度传递到另一个人的身上。他们顿时觉得好幸福、好满足。他们真想让时间定格在这一刻、这一秒。他们就这样天长地久，与月相伴，与露相依，与情相守。岁月不老，情不老，花飞花谢情不绝。

婚后一年，叶惊风和夕月便有了女儿西西，夕月还特意把叶惊风的娘从山里接了来，养老送终。起初，叶惊风的娘说什么也不来，老人的心思夕月明白，她是不想给儿子媳妇添麻烦。但夕月硬是三天水米不进，把老人逼进了夕月的家。叶惊风的娘大把大把掉着眼泪说，闺女，惊风是哪辈子积了福娶了你呀。只可惜老人是王宝钏的命，守了寒窑十八年，也只做了十八天的皇后。老人和夕月住了一年，便含笑而终。老人闭眼的时候只有夕月抱着女儿西西守在身旁，叶惊风在海上。

风一点一点大了起来。是的，一点一点大了起来。桅杆上的旗子啪啪啪地被风抽打着,海风掀翻了海水,海面不再是微微晃动的镜面,一个浪头接着一个浪头,一个浪头又接着一个浪头紧着往前赶,像是后面有猛兽追赶似的,又像是有一股巨大的力量从海水的后面、从海水的下面,甚至是从四面八方奔涌而来,席卷着,扫荡着。夕月最怕海上起大风,叶惊风皱了皱眉,心思从夕月身上、从家里收了回来。

新入伍的兵蛋子赵亮不知什么时候来到叶惊风的身后说:

"领导,这风刮得有些邪乎,吓人哟。"赵亮神色很紧张,一双大手不停地交搓着。

"别慌。"叶惊风回头对赵亮平静地说。虽然叶惊风面上很镇定,但心里已是七上八下,狂跳不停。风越来越大,海浪也越来越大,仿佛要把这个世界吞没。

"通知所有人穿上救生衣。"叶惊风眼睛直盯着那几只渔船的方向,头也没回。

"加大马力开向渔船。"叶惊风迅速穿上赵亮递过来的救生衣大声地对赵亮说。

"领导,咱们往回开吧,这么大的风浪。"赵亮嗫嚅地说。

"不行,这么大的风浪,渔船怕是不行了,咱们必须马上去救人。"叶惊风坚定的眼神扫了一眼赵亮。

没有一丝后退的意思,只有前进的无比勇气。

赵亮缩了一下脖子,没再说话,把叶惊风的命令飞快地传达给舵手。

一股巨大的旋风,正画着圆圈,在大海上旋转,旋转,再旋转。白浪翻滚,惊心动魄。狰狞的旋风咆哮着,像一个邪恶的魔鬼,张牙舞爪疯狂地撕扯着大海。

一只海燕一忽闪就被卷了进去，一眨眼工夫就失去了踪影。乌云不知从哪里一下子全滚了出来，天空立刻变得昏暗无比、浑噩无比。

暴雨像失控的瀑布倾泻而下，风把雨和海水搅拌在一起，像密集的子弹般噼噼啪啪射向四面八方。万物瞬间已是千疮百孔。

待到叶惊风的舰船赶到渔船所在的位置时，那几只渔船刚刚被狂哮的大海所吞没。渔船上的人在翻滚的大海里竭力地挣扎着。

"快下去救人。"叶惊风一声大喊。

仿佛有一股神秘的力量驱使着他，他转过头去，迅速朝海岸上望去。虽然望不到头，但即使望到了头，他又能看到什么呢？可是叶惊风依然满怀深情地望了一眼。就这么望了一眼，叶惊风眼中已是满满的泪水。

叶惊风救最后的那个人时，感觉双腿已有些抽筋、麻木。但叶惊风还是凭着惊人的毅力，一只手紧紧托着落水的那个人，另一只手使出全身的力气划着翻滚的海水，待他把那个人救到舰船边时，已用尽了身上的最后一丝气力。趴在舰船边上的赵亮赶紧把那个人拉上来。

"领导快上来。"赵亮伸出手，他想拉住叶惊风。叶惊风把手伸向赵亮，他也想拉住赵亮。可世上的事偏偏就是这样，总有意外，总有抱憾，总有痛苦。这也就成了赵亮日后最大的抱憾，最大的自责，最大的痛苦。

一个巨大的浪头铺天盖地向叶惊风扑来。叶惊风刚刚拉住赵亮的手就松开了，叶惊风打了几个旋转，很快在海浪中没了踪影。

"领导，领导……"赵亮凄厉的声音在巨浪滔天的大海上久久不散，久久不散。

夕月站在叶惊风所在的舰船上时，海上"龙王"已经结束。阳光正像湛蓝的海水一样，荡悠悠地漫泻于天空。天空显得高远而又明亮。

海风是潮湿的，空气是潮湿的，舰船上的栏杆是潮湿的，就连人都是潮湿的。海上的一切都是潮湿的。

夕月透过潮湿的空气，目光望向远方。她的眼神焦虑，但焦虑中含有一股坚定的神气。血丝悄悄布满了夕月大大的眼睛，黑黑的睫毛忽闪忽闪挂着的不知是潮湿的水珠还是泪珠，在那儿摇摇欲坠。此时，夕月的心像被一千只、一万只蝼蚁噬咬着般难受。这群杀人于无形的蝼蚁噬咬了她整整五个日夜。五个日夜，她的心在一滴滴、一点点流血。她的血流干了，她的心撕裂了。撕裂的心一片片、一块块抛向深不见底的大海。每一片、每一块都在大海上呐喊着——惊风，惊风。

夕月本来就很瘦，五个日夜肝肠寸断的折磨，人显得更加清瘦。乌黑的垂肩短发混杂着数根白发，在阳光下分外耀目。樱桃般的小口干裂裂的，让人看着心疼。

"嫂子，喝点水，吃点东西吧。"赵亮端着食盘，轻声劝着夕月。

夕月没有吭声，也没有动。

"嫂子，领导还没找着，您千万要保重身体，要不，领导看您这样，也心疼是不。"说着说着，赵亮扬起胳膊，擦了擦眼泪。

"给我。"指导员王大炮不知什么时候来到夕月的身后，他接过赵亮手中的食盘，端了杯水递到夕月的面前。

"喝！"语气是坚定的，不容抗拒的。

"你不吃不喝，能活着找到惊风吗？你说，能吗！"王大炮不愧叫大炮,他的话就像是大炮,"嘡嘡"地朝着目标不管不顾地发射了出去。

端在眼皮子底下一动不动的水杯,是一张紧绷、严肃的脸,闪电的眼睛……

"你以为我要寻短见吗?不!我不会!惊风还活着,他一定还活着!我知道!我知道!"夕月的话像冰块一样冷、一样硬。而她更像是一个冰块,浑身上下没有一丝热气的冰块。

夕月的目光从远方落向王大炮的脸上。

她就这样冷冰冰地看着王大炮。王大炮一声不吭,面无表情地也看着她。

看着,看着……

"哇……"夕月终于哭出了声。是的,夕月终于大声地哭出了声。在得知叶惊风出事失踪后,五个日夜里,夕月第一次哭出了声。

她的这一声哭泣,足以撼动大海,哭碎人心,哭断人肠,哭得花谢云月殇。

夕月蹲下身子,把脸埋在两腿中间,抱头大哭。

她的双肩剧烈地抖动着,她的眼泪在脚下汇成了小河,她的嗓子嘶哑了,最后几近发不出声来。

赵亮想上前说点什么,做点什么,却被王大炮抬手拦下了。

王大炮清清楚楚地、明明白白地知道,人在遭受剧烈沉痛的打击后,你得让他把蓄积的痛苦发泄出来,要不压抑在心里,人会崩溃、出事的。所以,哭,就是最好的发泄。

所以,他王大炮要让夕月尽情地哭,痛痛快快地哭,淋漓尽致地哭。

夕月这一哭，哭了个昏天黑地，日月无光。

许久，夕月没了声响。

"夕月。"

王大炮试探地叫了声。只见，夕月霍地站了起来。她的眼睛红得吓人。她揉了下肿胀的眼睛，深深吸了口气，再深深地吸了口气，一把抢过王大炮手中的杯子。

一仰头，一杯水，一饮而尽。

随即，杯子被狠狠地扔向大海。

"惊风，惊风，等着我！等着我！"夕月对着波澜不惊忧郁的大海赤红着眼睛狂喊着。

日头渐渐往西边沉下去，晚霞像是被高明的画家精心画上去般美丽，涂满了西方的天空。海水被晚霞映照得呈现出金子般的颜色。这里的黄昏是这般宁静、美好。

叶惊风头脚朝天地平躺在沙滩上，几只白色的海鸥在他身边低飞盘旋着。他像睡着般，双眼紧闭着，整个人没有一丝声响。

她从远处姗姗走来。

她乌黑的长发几近垂地，头上戴着鲜花编成的花环，她身上穿着白色的长裙，这件白裙与一般的白裙不一样。它走的不是现代化的织、染一条龙。它是属于家庭的自制。原始的织法，原始的染色。可这并没有影响它的美丽。相反，更拥有了天然的气息。一种美、一种大美从这件白裙子中显现出来。

她的五官是那么精致玲珑，让人看了不禁顿生怜爱。她浑身上下洋溢着纯洁的气质，纯洁得就像雪山顶处的那朵白莲花，不染一丝尘埃。

她恍若不食人间烟火的小仙女。没错！她比金庸大师笔下的小龙女还要仙气十足，还要不食人间烟火，还要十倍、百倍地好。

她来到叶惊风身旁，睁大一双无比纯真的眼睛看着叶惊风。

她蹲了下来。她伸手轻微地摇动着叶惊风的肩膀，一下，两下，三下……

她就这样轻轻摇晃着叶惊风。

叶惊风鼻子轻轻地哼了一声。她立马像是受了惊吓，忙把婴儿般白净的小手缩了回去，只是睁大一双受惊的双鹿般的眼睛看着叶惊风。

叶惊风在鼻子哼了几声气后，缓缓地睁开了眼睛。

睁开眼睛后的叶惊风茫然地眨了眨眼睛，他的手脚在意识得到恢复后，条件反射般地动了动。

痛，痛，痛。一股剧痛从叶惊风身上每一处蹿出，刺激着他的神经细胞。他尝试着扭动着自己的身子，头好似炸裂般剧烈地痛了起来。

啊！

叶惊风不禁双手抱住了头。他的脸因为痛扭曲得变了形。他的牙齿狠狠咬着嘴唇，似乎唯有这样才能让疼痛减轻点。他的嘴唇流出了黑红黑红的血。

叶惊风的举动似乎吓坏了她。她怯怯地站了起来，一时不知道该这么做，该怎么办好。

叶惊风在沙滩上滚来滚去，死去活来。过了一会儿，许是疼痛减轻了，他渐渐安静了下来。

又过了一会儿,叶惊风慢慢地坐了起来。

她默默地看着叶惊风。

叶惊风茫然地看着她,既而又茫然地看了看四周。

他的眼神空洞而又迷茫。

这是哪儿?这是哪儿?我是谁?我是谁?

叶惊风还有些麻木的大脑里画着这两个大大的问号。他又看了看她。他想从她那儿找出答案。

她却更迷茫地看着叶惊风。

叶惊风彻底懵懂了。

这世上什么最可怕?猛兽?天灾?不是的!不是猛兽最可怕,不是天灾最可怕,最可怕的是一个人不知道自己是谁?一个不知道自己是谁的人他又能做什么呢?又该怎么做呢?

叶惊风在大海上借助救生衣漂流了数天后,虽然侥幸活了下来,可是他失忆了。他彻头彻尾忘记了自己,忘记了从前。

叶惊风面朝大海孤零零地站在那儿。他高大的身影在晚霞的映照下更加高大孤寂。他原本俊朗的面孔因为数日的昏迷也更加棱角分明。

他紧锁着眉头站在那儿。

她没有声响地站在叶惊风的身后。

她目不转睛地看着叶惊风。似乎她一眨眼他就会在她的眼前消失。

过了一会儿,她悄悄地走到叶惊风的身旁。

她没有说一句话。

她伸出手拉起叶惊风的手,转身去往回走。

然而,她没有能拉动他,叶惊风依然站在那里,他没有动步,只是茫然、不知所措般地望着她。

她依旧没有说话,只是小手更加使劲地拉着叶惊风的手。她的意思很明白,她是让叶惊风跟她走。叶惊风虽然失忆了,但那只是忘记了从前,忘记了自己是谁,他的智商还在,聪明还在。

她的这点心思,他怎么能看不出来。

叶惊风没有说话,他看了看她,迟疑了一下,不知道该何去何从。

他们就这样对峙着,一个往前拉,一个在原地不动。

时间在一分一秒地流逝着,眼看最后一点余晖也淹没在大海深处。这时,一弯新月悄悄地升起,皎洁的月光毫无保留地倾泻在他们的身上。他们笼罩在月光的一片美好之中。

她继续着她的无声。只是两颗珍珠般的眼泪从她的眼睛中悄然滚落下来,落在他们的脚下。她的手依旧拉着叶惊风的手,接着又有两颗珍珠般的眼泪滚落下来,依旧落在他们的脚下。

眼泪的力量是巨大的,它虽然只是两滴最柔弱的水,但它的力量能抵得上一把锋刀、一把利剑,甚至能抵得上千军万马。它能让英雄过不了关,能让好汉把头点。它能上山,能下海,能进,能退。简直是无所不能,无所不及,无坚不摧。

落在叶惊风脚下的眼泪更是力大无比。它蕴含的热量很快推动了叶惊风赤裸的双脚。叶惊风的双脚开始动了,走了。它们在沙滩上留下了很深很深的脚印。

当叶惊风慢吞吞地跟随着她，穿过几条坑洼不平的石头路，回到她的家时，月亮已经高高地升腾在正空中。一个篱笆围城的小院，几间草屋，呈现在叶惊风的眼前。

借着皎洁明亮的月光，叶惊风清楚地看见了小院中的一切。小院很大，院中有几棵叫不上名的树在枝繁叶茂地生长着。树下搁放着一些农具，农具的旁边有一个石桌，石桌旁的几把石凳上，坐着三个人，正在吃饭。见她回来，正对着门口的男人放下碗，咂摸着嘴开了口：

"大女，咋才回来。"

话是方言，叶惊风听得不太懂，但大概意思是能听明白的。

男人话刚说出来，就注意到了叶惊风。男人站了起来。

男人约莫五十的年纪，嘴边长着络腮胡子。衣服虽然破旧，但都打着补丁。男人看着邋遢，但身上散发出来的是肥皂特有的清香味，没有一点汗臭味。从这一点上，可见这院子的女人很勤快、很干净。

她来到男人的面前。她的脸不知是走得久了，还是因为男人的问话，在月光下微微泛着红晕。她麻利地冲着男人打着手势。

叶惊风这才知道，她原来不会说话。不会说话的人是哑巴，她不会说话，那她就是哑巴，而且是个美丽的哑巴。

叶惊风看不懂她的手势，但他很聪明，他猜得出她在向男人解释，解释他的出现。叶惊风甚至还能准确地猜出，男人就是她的父亲。

果不其然，男人在她的比画下，睁着一双不大但很有神的眼睛，把叶惊风从上到下，再从下到上，看个遍。

男人旁边的两个女人也都站了起来。一个女人岁数和男人差不多，想来是他的妻子，另一个女人大概十八九岁的模样，肯定是她的姐妹。

男人并没有急着说话。从石桌上拿起烟杆，磕出烟灰，两只手指在烟袋里捏出一小撮烟草，装上，点着火。深深地吸了几口，淡蓝色的烟雾在他的周围四散开来，他看起来很和蔼、很慈祥，他似乎在思考着什么。

叶惊风没有说话，他平静地看着这一家人。

这不是他想要来的。为什么跟了来，他自己也说不好，也想不明白。不管怎样，既然来了，那他就是客。是留客，还是不留？全都是主人说了算，他这个客是做不了主的。

他就是这么默默无声地看着男人，看着她，看着这一家人。

屋门口趴着的一条狗，这时，溜溜达达地走了过来，它每走一步都要晃下头，摇摇尾巴，样子有些憨，又有些活泼。它来到她的面前，用鼻子蹭了蹭她的脚面，继而又走向叶惊风。

叶惊风发现，这是一条很好看的狗。周体通黄，只有两只眼睛是黑色的。这让它很有趣、很滑稽。它的个头不大不小，看上去只有两三岁。它抬起黄色的脑袋，耷拉着舌头，呼哧呼哧地喘着粗气，望着叶惊风。叶惊风冲它笑了笑，不禁蹲下身去，抚摸着它黄黄的脑袋。黄狗没有叫，也没有咬，很温顺地由着叶惊风抚摸。好像他们不是才见面，是老早就相识的，像是多年的老朋友，又像是一家人。

女主人扯了扯男人的衣角，嘴里嘀咕了几句。叶惊风没有听清。

男人终于开了口。

"你叫啥个名字哟？"

"从哪儿来？"

"到哪儿去？"

他一连串叽里咕噜的问话，叶惊风没有反应过来。

她在旁边显得有些着急，忙冲叶惊风比画着手势。男人放慢了说话的速度，把刚才的话又重复了一遍。其实，男人不用重复。叶惊风从她的手势中也能琢磨出来是什么意思。

她的手势，叶惊风懂。

叶惊风拍拍手，站了起来。他磁性的声音在院子中低沉地响起，只是由于数日水米不进，嗓子很沙哑。

"我也不知道叫什么，我醒过来时就见到了她。"

说这话时，叶惊风很伤感、很难受。他紧锁眉头，目光望向院外，望向天边那轮弯月。他只觉得胸口被什么东西刺了一下，生疼。他用手捂向胸口，眉头皱得更紧了。

叶惊风的反应全部落在她的眼里。

她的眉头也皱了皱，眼神有些焦虑和不安。

她向男人又比画起了手势。大概意思是说，别再问了，别再问了。

男人好像很听她的话，放下烟袋，拉起叶惊风的手说：

"到我们家了，就是自己的家。嘿嘿。"说完，他露出黄且黑的牙，憨憨地笑了笑。

见男人这样说，她好像很开心，她笑了。看样子，她只是单纯地哑，耳朵并没有问题。

男人接着说："给你说一下。"

"我叫顾有财，这儿的人都叫我顾老爹。"他一指女主人，"这是我的婆娘，草花。"他又指了指她，"这是大女。"最后指了指十八九岁的那个姑娘，"这是二女。"说完，他拉着叶惊风来到石桌旁，冲着婆娘说，"还不快去舀饭。"

"哎！哎！"女主人草花忙连声答应着，转身去灶台舀饭。灶台在院子的东面，就是在很简单的一个草棚下。

叶惊风顺从地坐在左边的一个石凳上。她坐在叶惊风的旁边。

顾老爹坐回原来的石凳上，重又把烟袋拿起，深深地吸着烟，眼睛微微闭着，好像很享受。

这时，女主人草花把饭端来，是两碗糙米饭。一碗递给叶惊风，另一碗递给大女。草花有些不好意思，讪讪地笑着说："只有这个，将就着吃吧。"说完，掀起打着补丁的衣襟，擦了擦手。可是，她马上意识到这个动作似乎在客人面前有些不雅，忙又把衣襟放下，笑得更加不自在、更加拘谨。

草花的语速很慢，也很柔和，叶惊风听得差不多。他礼貌地站起身冲着草花微微弯了下腰说："谢谢您。"

"嗯，侬这是干啥子哟，一家人嘛！"顾老爹把眼睁开，在石桌上磕了烟灰。

"侬，吃，吃。"顾老爹把两碟菜往叶惊风跟前挪了挪。说是菜，其实就是黑乎乎的一碟咸菜，一碟干咸鱼。

大女看了看叶惊风，看了看两碟可怜巴巴所谓的菜，手中的竹筷子迟疑了一下，夹了一大口咸菜，又夹了口鱼，放进叶惊风的碗里，眼睛亮晶晶地看着叶惊风，意思是说你吃。

叶惊风没有说话，咕咕直叫的肚子容不得他说话了，叶惊风往嘴里扒拉着饭。要说饭，这可真是好东西。自古民以食为天，甭管你多大的官，上至皇帝老子，下到寻常百姓，你什么都可以缺，就是不能缺了吃的。缺了它，那就离死不远了。

大女的眼睛忽闪忽闪地眨巴了一下，好像想起什么。她站起身走到灶台前，把锅里的剩饭舀出，麻利地刷了几下锅，然后舀了一小瓢水倒进锅里，又从地上堆着的柴火堆里，抽出柴火，塞进灶膛，点着火。

"大女，你这是做啥子。"草花冲着大女喊道。

大女没有应声，实际上她也无法应声。但她也没有打手势回答妈妈的意思。她转身进了屋，很快，她又走了出来。于是，院里的人发现她手上多了两枚鸡蛋。这时，妈妈草花好像明白了大女的意思。其他人也都好像明白了大女的意思。

"扑哧。"草花笑出了声。

"这个傻闺女。"草花走到大女身旁，想帮忙。大女很倔强地甩开妈妈的手，自顾自地在碗里打着鸡蛋。蛋黄和蛋清被筷子快速地搅拌着，很快融为一体，它们快得就好像早就等着这一天、这一刻、这一秒。顾老爹刚吸了几口烟的工夫，一碗飘着葱花香油的蛋汤，就热气腾腾地放到了叶惊风的面前。

其实，叶惊风早就放下碗筷，看着大女忙出忙进地忙活。他的眼眶有些潮湿，他明白大女的意思，他很感动。这两枚鸡蛋在这个贫穷的家里何其珍贵。但珍贵的不只是这两枚鸡蛋，更珍贵的是大女那颗善良的心。

叶惊风把蛋汤放在大女的跟前说："我吃饱了，你吃。"

大女见叶惊风不肯吃,很着急。她看看顾老爹,又看看妈妈草花。她因为着急,手势有些乱。

顾老爹看了看女儿,又看了看叶惊风,一字一句地说:"你就吃吧,这是大女的一份心,再说你才刚好呢。"

叶惊风没有说话,也没有端起那碗蛋汤。他默默地看着这一家人。他看起来很平静。可事实却是这样,越是看似平静的湖面,下面越是藏着巨大的暗潮。此时的叶惊风就是那个平静的湖面。他的内心早就开了锅,在那儿热浪翻滚,激情澎湃。他感激着这一家人的好心收留,感激着大女,感激着这碗珍贵的蛋汤。

他站起身,走到院外。此时,刚进初夏,夜晚的风还有些凉。叶惊风抱紧了双臂,走到一棵丁香树下。丁香开得正艳,一大簇一大簇地绽放在枝头,发着浓郁的香味。香味感染着叶惊风,这让叶惊风的心略微平静了一些。丁香是花中的女神,它的高贵、典雅、纯洁,足以让百花汗颜。更可贵的是丁香开在春末夏初,它不与桃杏争艳,不与牡丹比美,只是默默地在一处角落里独自绽放,它只求奉献,不求回报。一朵丁香花飞下枝头,刚好落在叶惊风的发顶上,叶惊风把它轻轻地摘下,放在手心里。

"丁香尚有来处,尚有归途。我呢?我的来处呢?我的归途呢?"叶惊风低声自语。再一抬头,叶惊风的眼里已有了泪水。月亮比方才更圆了些,也更亮了些。叶惊风用迷蒙的双眼望着月亮,内心满满的全是感伤。

"春花秋月何时了?往事知多少?梦中醉客盼天明,半蓑烟云风雨

起归鸿。"叶惊风对自己突然说的话很吃惊。这是诗句，没错，是诗句。这点叶惊风很肯定。为什么？说不上来，只是大脑告诉他这是诗句。自己这是怎么了，什么都不知道了，这些又从哪儿来。

叶惊风对着月亮，深深地思索着。渐渐地，他发现月亮里好像有些什么东西，再睁大眼睛仔细看看，好像是个人影。影子很模糊，但好像有些熟悉，好像在哪儿见过。是什么呢？叶惊风苦苦思索着。人就是这样奇怪，越是看不明白的越要看，越是想不明的越要想。

想着想着，看着看着。叶惊风渐渐感觉到了疼痛在大脑里开始了游荡，并且很快肆无忌惮地上蹿下跳。疼痛让叶惊风有了心慌窒息的感觉。

"啊。"叶惊风抱紧头，蹲了下来。

一双冰凉的小手放在他的手上。叶惊风深深吸了口气，强打精神抬起头。大女正睁大眼睛看着他。月光下，她的眼睛里有明显的惊恐、不安、担忧，还有一丝莫名的东西。

"放心，我没事。"叶惊风强装平静，淡淡地说。说完，他站起身，对大女接着说："我们进屋吧。"话一出口，他就发现大女的脸在月光下很苍白，也许是自己刚才吓着她了，也许是她在外面太久了，毕竟她看起来很柔弱。

叶惊风和大女进了屋。顾老爹和草花正在屋里。屋里点着一盏看起来有些年头的煤油灯。屋子很昏暗，还没有月光下的院子亮堂。

顾老爹告诉叶惊风，屋子很小，炕也小。叶惊风要跟他睡一屋。草花和大女、二女挤一屋。叶惊风点点头。对顾老爹这个安排，他没有一点异议。一个流落在外的人对衣食住行哪还有较高的要求，衣能遮体，食能果腹，住能避雨，足矣！

顾老爹和叶惊风说话的工夫，大女已从自己的屋里抱出了一床薄薄的被子，放在叶惊风的身旁。

叶惊风冲着大女点了点头，说："谢谢。"

这时，叶惊风发现，大女的身后，也就是门帘后有双眼睛在偷偷地往自己这儿看。是二女。叶惊风的眼睛向来很敏锐，不管什么样的人只要让他看一眼，根本就不用看第二眼。她为什么不进屋？在帘子后面偷看？

叶惊风好奇地看向帘子后的那双眼睛。帘子后面正是顾家的二女。二女看叶惊风在看她，一下子毫不迟疑地缩回了自己的眼睛。待叶惊风把眼睛从帘子后收回，看向别处时，叶惊风用眼角的余光发现，帘子后又出现了二女的眼睛。这双眼睛同样在偷偷地看着自己。

大女冲着顾老爹打着手势，意思很明白，她想让叶惊风给自己起个名字。

"这么多年了，都叫大女，还起啥个子起。"顾老爹边说屁股边往炕里蹭。

"不。"大女很执着，见老爹不当回事，她求助似的望向叶惊风。

叶惊风没理会顾老爹，冲着大女点点头："我给你起。""你是几月出生？"

"大女，就是现在这个时节，生她时，正赶上傍黑，天空全是彩云。"提起大女出生时，草花很兴奋，就好像不是在二十年前，而是昨天，现在。

"当年明月在，曾照彩云归。就叫彩云吧，顾彩云。"叶惊风双眼烁烁地看着大女，也就是顾彩云。

"好，真好听。"顾彩云高兴地咧开小嘴笑了。

"那你，再给二女起个吧。"顾彩云的眼睛亮亮的，飞着彩云般的神采。

"凤在云中飞，有云皆有凤，二女就叫彩凤吧，顾彩凤。"

"好名字，还都是好名字。他爹，你瞅呢。"草花兴奋地拍着手说。

"嗯，好个很嘞！顾彩云，顾彩凤。"顾老爹也很高兴，语速又快了起来，"她娘，把我那身新衣翻出来，给他换上。他这身衣服还湿着哪。"

"你去睡吧。"转回头，顾老爹催促着顾彩云。

顾彩云似乎还想留下说点什么，但看了看正在"咳咳"咳嗽的叶惊风，羞涩地笑了笑，转身走了出去。

当顾彩云回到她和妹妹顾彩凤的闺房时，顾彩凤正坐在唯一的一张桌子前。说是闺房，其实就是一个小套间，和顾老爹的屋子只隔着一间堂屋。

"你还真舍得回来了。"顾彩凤冷冰冰的话兜头就向姐姐顾彩云砸了下来。正在兴奋中的顾彩云完全没有意识到妹妹的话头不对，傻傻地说："他也该睡了。"说完，拿起桌子上小得可怜的镜子，借着煤油灯昏暗的光，端详起自己。

她的两腮已是霞红一片。

砰的一下，地上传来玻璃破碎的声音。顾彩凤一把抢过顾彩云手中的镜子，恶狠狠地摔向硬邦邦的地面。镜子瞬间支离破碎，亮晶晶的玻璃片非常刺目地刺激着顾彩云的眼睛。

还没等顾彩云从惊愕中反应过来，草花闻声走了进来。

"咋的了这是。"草花问着顾彩凤。

"没留神摔了。"顾彩凤回答得异常平静。

"你个败家孩子。"草花数落着顾彩凤,弯腰正准备捡起地上的碎片,却惊讶地站在那里,一时不知怎么好。

草花惊讶地发现顾彩凤的脸比刚才更严重了。紫红紫红的疙瘩密密麻麻地挤在整张脸上,这让原先只是满脸疙瘩轻微发红的二女,看起来很恐怖、很吓人,让人分外不舒服,甚至有些反胃。

顾彩云也看到了。她的脸上也掠过一丝吃惊。

草花和顾彩云脸上的变化,没能逃过敏感的顾彩凤。

"你们咋了,是不是我咋了。"说完,顾彩凤下意识地双手捂住了自己的脸。此时,她感到脸上从未有过的奇痒,像是千百条小虫子在她的脸上尽情地啃噬。

"噗"的一下,她趴在床上,把头埋进被子里,不肯再出来。

原来,顾彩凤从生下来刚出了满月开始,脸上就起了大大小小的红疙瘩,草花按照老辈子传下来的土方子艾叶灰,给她抹在脸上。可终究不大管事,顾彩凤的脸也就成了现在这个模样。但不知为什么,今夜顾彩凤的脸比往常还要厉害、还要吓人。

叶惊风躺在炕上,久久不能入睡。听着顾老爹断断续续的呼噜声,更让他辗转反侧,不能入眠。直觉和现实告诉他,他离他的过去已经很遥远。虽然也许只是短短的几天、几个小时,但足以颠覆他的人生,改变他的历史,甚至埋葬他的未来。他不甘心,不甘心,不甘心呀!他无数次地在心里问自己,我是谁?是谁?是谁呀?但每次的答案只有一个,

那就是，不知道！他无比沮丧，无比懊恼，无比愤怒。此恨悠悠无绝期。他恨自己，恨命运同他开了这么大的玩笑。难道自己的人生，自己的天地，真的如白驹过隙，忽然而已。不会的，不会的，不会的！他瞪大了眼睛看着屋顶，仿佛要把屋顶瞪裂、瞪穿，他要见到天，他要见到老天爷，他要问上一句他是谁？哪怕他原先是乞丐，是淘大粪的，他也要弄个清楚，问个明白。他翻了个身，脸正好对着顾老爹的脸。顾老爹鼻孔里吐出的热气，混着男人特有的气息，全部扑在他的脸上。这是非常善良的一家人。没有任何戒备地收留了他，特别是顾彩云，深深地感动着他。念天地之悠悠，独仁爱而涕下。他流泪了。是的，此时此刻他流泪了。泪水顺着他的眼角流了下来，落在散发着新布气味的枕巾上。这儿的贫困在他和顾彩云向家走时，他就已经知道了。坑洼不平的石头路，低矮的土房，昏暗的煤油灯，是这儿的特质，也是全部。他脑海深处隐隐约约出现了一座城市，那儿灯火辉煌，那儿高楼大厦，那儿人山人海。相比起来，这儿是多么贫困、落后、冷清。可那儿又是哪里。他绞尽脑汁，左思右想也想不出来。唉，算了，不想了。他的山不会穷，水也不会尽。即使山穷水尽了，不是还会峰回路转，车到山前必有路吗？他一定要改变这儿的贫困。他又翻了个身，背对着顾老爹。他多想睡熟。"铁马冰河入梦来。"都说梦是心头想，梦里能见爹和娘。此时，他无比迫切地想在梦中回到故乡，回到爹娘的身旁。既然不知道自己是谁，忘掉了过去，那就在梦中回到过去。他盼望着醒来能记起点什么。可是他偏偏不能入睡。不知过了多久，外面隐隐约约传来公鸡打鸣的声。他打了个哈欠，渐渐睡着了。

叶惊风做梦也不会想到，一个浪头竟让他漂了几千海里。他现在是在一座孤岛上，这座孤岛生活着百十户人家，他们很少与外界往来。一年中偶尔会有人出海几次，但大都是拿着海货，去最临近的区域交换生活必需品。最临近的区域离这座岛也很远，划木船往来需要十来天。他们的婚配都是在岛子里。他们维持男女的平衡，有他们自己的独门独术。岛子里有两眼水井，结了婚的女人想生男娃就喝左边的那口水井里的水，想生女娃就喝右边的那口水井里的水，据说很灵。草花在生顾彩凤前就喝了左边的那口水井里的水。不是不灵，而是草花生了龙凤胎。女娃就是顾彩凤，男娃生下来得了七日风，夭折了。许是月子里伤心过度，打这以后，草花再怎么喝两口水井里的水，也再没怀上孩子。顾彩云和顾彩凤相差只有两岁。可是性格相貌确是天壤之别。顾彩云虽然不会说话，可是她生了一张天使的面孔，人见人爱，再加上她性格很好，温顺，善良。村里的大人小孩都很喜欢她。顾彩凤虽然不哑，可是很可惜她被一群不知名的红疙瘩毁得面目全非，惨不忍睹。她的性格很内向，怪癖。这或许跟她被毁的容貌有关。

草花是个直肠子，心直口快。不到一天的工夫，岛上的大人孩子都知道了她家来了个外地人，而且还是个长得非常好看的外地人。黄昏时分，叶惊风和顾老爹一家正在院中吃饭，院门口不知什么时候挤满了人，有老人，有孩子，有男人，有女人，都瞪大眼睛笑呵呵地看着叶惊风，操着叶惊风刚有些听懂的口音在那儿交头接耳，指指点点。顾彩云见家里一下子来了这么多人，怕叶惊风别扭，放下碗筷，紧张地看着叶惊风。意思是说，你先进屋吧。然而叶惊风并没有顾彩云想象中那么羞涩，不好意思。他大大方方地从石凳上站了起来,迎着众人的目光微笑地看过去。

然而叶惊风很快有了强烈的震撼,虽然他心里有准备,但结果远远超出了他的预期。他发现这群人的贫困度比草花家有过之无不及。叶惊风皱了皱眉,微微地叹了口气。就在这时,人群乱了起来,一个女人边喊边叫冲进了人群。女人头发蓬乱,满身泥垢,人群看见她,马上四散躲开,女人跑进了院子里。叶惊风眼尖,一眼看见女人的身后追来两三个男人,而且手里拿着绳子。女人进了院,男人也紧跟着进了院。

女人很恐惧。一把揪住叶惊风的衣服,嘴里胡乱喊着:"救救我,救救我。"随即藏在叶惊风的身后。在叶惊风还没看清楚时,顾老爹很快明白了怎么回事。他立即叫住冲进院子的男人。

"老三,你又做什么呢?"

被称为老三的男人,立马收住要抓女人的手,说:"大哥,你不知道,疯姑病厉害了,刚才把娃抢过来,硬是摔在地上,家里是留不住她了,我要把她送进山里。"

"胡说。"听到这儿,顾老爹打断了老三的话,"你把她扔在山里,她还有活路?"

老三长长叹了口气,抹了把泪说:"大哥,这也是没法子的事,谁让她得了这病。我得为娃想,要不,娃还不定被她咋样呢?"

听到这儿,叶惊风明白了事情的所以然。他的心很难受,为疯姑,为老三,更为岛上的人。这儿实在太贫穷、太闭塞了。生了病的人就只能自生自灭吗?向天祈祷吗?难道他们就该这样?不!他的脑海又出现了那座城市,那座天堂般的城市。这时,他的心仿佛踏实了,他要改变这儿,是的,他要改变这儿,他要让这儿变得和他脑海中的那座城市一样。

老三见顾老爹沉默了,便伸手来抓疯姑。叶惊风见状,一把攥住老三的手说:"你不能这么做。"老三看了看叶惊风,又看了看顾老爹。顾老爹忙解释说:"这是来我家的那个外地人,自己也不知道自家叫啥了。"叶惊风说:"疯姑是人,不是物件,你想扔哪儿就扔哪儿。"老三见自己的手被叶惊风抓住了,没好气地说:"要你管。"叶惊风微微冷笑了两下说:"我就要管。"老三使劲地挣脱掉叶惊风的手,揉了揉被叶惊风攥得生疼的手说:"你管,好,你管她吧,我不管了。"说完一屁股坐在了地上。

顾老爹见老三耍起了无赖,扯了扯叶惊风的衣服,意思是不让他再管了。叶惊风没理会顾老爹,在老三跟前蹲了下来。

"疯姑,我管。"叶惊风声音不大,但很有力。不止老三、顾老爹听个清清楚楚明明白白,就连院里其他人也听了个清清楚楚明明白白。在大家还没反应过来,一片惊愕中,叶惊风接着说:"我会把疯姑的病治好。"

老三的嘴巴张了张,想说什么,又说不出来。顾老爹接过叶惊风的话说:"你没事吧你。"叶惊风笑了笑,站了起来说:"我没事,我很正常。"他转向顾老爹说,"这儿不是有山吗?有山就有草药,就有能治疯姑病的药。明天我就去采,我相信疯姑能治好。"顾老爹指着叶惊风说:"你不是忘掉过去了吗?怎么能懂药。"叶惊风略微想了想,故作轻松地对顾老爹说,"这个,我也不知道,潜意识告诉我,我能懂,我应该懂。"

叶惊风说得很实际,也很实在。他确实不知道是怎么回事。虽然他

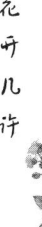

不知道自己是谁,但对于知识、学问他张嘴就来。其中为什么,他真的说不清,道不明。这在医学界也是一个难解之谜。有的人因为一些突发事故,丧失了一些领域中的记忆,可在潜意识当中,他的其他领域中的记忆并没有丧失,在需要的时候就会表现出来。叶惊风就是这样。

老三听叶惊风这样说,从地上一下子站了起来,将信将疑地说:"我信你一回。只是疯姑不能再在我家住了。"老三的意思很明白,你叶惊风愿意给疯姑治病可以,只是疯姑不能再住在我家里了。

叶惊风点了点头说:"好,我带着疯姑另找地方。"

顾老爹和草花还没来得及开口,站在一旁静静听着的顾彩云这时着急了。她冲着叶惊风比画着说:"不要另找地方,就住在我家,我们一起照顾她。"见女儿这样说,顾老爹和草花互相看了看,他们有些犹豫,谁愿意惹这个麻烦呢。顾彩云见爹娘没有点头,急得大颗大颗的眼泪掉了下来。

天色已黑了下来。鸟归巢,人归家。在顾老爹院的人们都陆续散去了,只剩下了疯姑。草花拉起疯姑的手说:"可怜的孩子。"这么一说,就等于同意了疯姑留下来。顾彩云高兴地把疯姑拉进了屋里。

煤油灯在夜色中发着炽热而微弱的光。

公鸡开始打了第一声响鸣,天空出现了一道曙光。叶惊风轻声轻脚地披衣下炕,拉开屋门,来到屋外。他痛痛快快地伸了伸腰身,在院中打了几套拳脚。叶惊风是会一些拳脚的。这是他刚到部队时学的,这些年他一直每天坚持练练,所幸这次失忆后,他这块区域并没有受损。打完拳后,叶惊风在墙角找到背篓,背在肩上,他就准备去给疯姑采药了。

这时，脚步声从身后传了过来。叶惊风回头一看，原来是顾彩云不知什么时候站在了他的身后。

"彩云，起来了。"叶惊风微笑着说。

"我和你一起去。"顾彩云用只有亲人和叶惊风才能懂的手势说着。

"这……那好吧。"叶惊风想了想，点头答应了。

顾彩云高兴地一把抢过叶惊风肩上的背篓，把它背在自己的肩上，手不由自主地挽起了叶惊风的手，两人开始往外走。叶惊风不由得回了下头，他立马捕捉到了一双门后的眼睛，他的第一判断那是顾彩凤的眼睛。只是这双盯着他和顾彩云的眼睛，看起来有些让人不自在，后脊梁有些发凉的感觉。是什么呢？又为什么呢？叶惊风没工夫闲想，眼下给疯姑治好病才是最要紧的。

采药时，叶惊风会耐心地告诉顾彩云这是什么草药，治什么病的，那是什么草药，治什么病的。顾彩云很聪明，叶惊风往往告诉她一遍，她就很快能记住。一天下来，她就能帮着叶惊风采药了。

一连三天，叶惊风都带着顾彩云去采药。也一连三天，叶惊风都会在一转身离开院子时，看到门后那双顾彩凤的眼睛。疯姑在喝了叶惊风和顾彩云亲手采熬的草药后，病好得很快。她已不再胡言乱语，扔东砸西，她安静了下来。

这天，也该有事。叶惊风原本采完药后，就可以和顾彩云回去了。但叶惊风看天色还早，疯姑的病也好了很多，就打算晚点回去，他想伐几根木头，他要造一艘大一点的船，方便岛上的人出出入入，而他也想离开这里，寻找自己的家。叶惊风是有备而来的。来前，他就放了一把

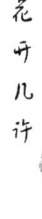

斧头和锯子在背篓里。他嘱咐顾彩云找个地方坐好,他就开始伐树了。叶惊风是土生土长的山里人,伐树的活儿是难不倒他的。天还没完全黑下去之前,他就已经伐好了一棵树。他刚直起腰身,顾彩云就从旁边飞快地跑了过来,一块白色散发着女人香味的手绢在叶惊风额头上擦着汗。

"我们回吧。"叶惊风有些不好意思,推开顾彩云的手绢,胡乱地抹了把脸。

顾彩云脸红了一下,随后抢着把背篓背在肩上,叶惊风说:"让我来背,你一个女孩子家的。"

顾彩云对叶惊风说:"今天,你太累了,让我来背。"说完,拉着叶惊风就走。

哪知,他们刚走到半山腰,从旁边的树后蹿出一个人,挡住了他们下山的路。这冷不丁蹿出的人,让叶惊风和顾彩云一惊。待他们回过神来,定睛一看,这个人,顾彩云认识,是他们岛上的人。

"二壮,你这是做啥子?"顾彩云向那个被叫作二壮的人比画着说。

"我干吗,我要和他比画比画。"二壮用手一指叶惊风。

"为什么?"叶惊风满脸奇怪地问道。

"为什么?哼!为彩云。咱俩谁赢了谁娶彩云,谁要是输了,那就靠边站。"二壮气哼哼地对叶惊风说。

原来是这么回事。叶惊风看了看顾彩云,笑了。原来这个小丫头还有暗恋者。一听二壮这么说,顾彩云满脸通红,拉起叶惊风就要走。奈何二壮挡住了他们的去路。二壮的意思很明白,那是不撞南墙不回头,不见棺材不掉泪。二壮死活不肯让路,气得顾彩云干跺脚,没办法。

说到做到。二壮对着叶惊风猛地就是一拳。眼看这拳头就要打在叶惊风的身上,叶惊风一个转身很轻松、很巧妙地躲开了。见拳头没有打中叶惊风,二壮对着叶惊风裤裆就是一脚。山路很狭窄,叶惊风再想转身,已没了余地,身边还站着一个顾彩云。说时迟,那时快,叶惊风伸出手,一把接住二壮踹过来的脚,手上一用力,反手把二壮扔了出去。

只听,"哎哟"一声,二壮躺在了路边的草丛里。

"啊,救……"一声凄厉的惨叫,叶惊风和顾彩云往二壮那儿看了过去,不看不要紧,一看吓得两人汗毛立马立了起来。

只见,一条胳膊粗的蟒蛇,缠住了二壮。蟒蛇在二壮的腰上紧紧地缠上了两圈,又以迅雷不及掩耳之势缠住了二壮的脖子。二壮一时喘不上气来,眼珠子往上直翻,只剩下全白的那部分。叶惊风见状,来不及多想,果断、快速地伸出手去。蛇打七寸。他一把掐住蟒蛇的七寸,蟒蛇不承想半路杀上个程咬金来,分秒的工夫,身子便软了下来,它松开了二壮。就在叶惊风要把蟒蛇甩出去的时候,蟒蛇突然反颈就是一口,一下子咬住了叶惊风的手腕。叶惊风顿时火辣辣地疼,与此同时,蟒蛇被狠狠地甩了出去。只剩下半条命的蟒蛇刺溜溜地钻进了草丛,不见了踪影。叶惊风低头看向被蟒蛇咬伤的部位,只见一排针眼大小的齿痕。见叶惊风被蛇咬伤了,神色紧张的顾彩云冲过来,一把抓过叶惊风的手,眼泪顿时像断了线的珍珠噼里啪啦落了下来。她猛地低下头,张开小嘴,在叶惊风的伤口处使劲地嘬了下去。很快,她把吸出来的蛇液吐了出来。她这是在给叶惊风吸蛇毒。见顾彩云不顾自个儿的安危,叶惊风忙伸出另一只手拦住了顾彩云,说:"彩云,你不用这样,这条蛇没毒。"顾彩云睁大眼睛，摇了摇头，表示不信。叶惊风说："我没骗你，真的，再怎么着，我也不会拿自己的生命开玩笑，是吧。"说完，还故作轻松地笑了笑。

叶惊风说得没错，这确实是条无毒蛇。一般被无毒的蛇咬伤了以后，只在人体伤处皮肤留下细小的齿痕，无红肿。而被毒蛇咬伤时在伤处可留下深且粗的牙痕，有出血，红肿，病毒迅速向躯体近心端蔓延。叶惊风打小在山里长大，这点常识难不倒他。

顾彩云执意还要给叶惊风吸毒。二壮缓过神来，也上前说："彩云，我用性命保证，这真的是条没毒的蛇。"二壮不说话还好，他刚一开口，顾彩云便狠狠地瞪了他一眼。二壮吐了下舌头，没再说下去，红着脸，站在那里，不知怎么做才好。顾彩云见二壮也这么说，这才放下心来。其实，她也是懂的。只不过刚才一时紧张，乱了方寸，慌了手脚。现在见他们两个都这么说，定下心来，仔细一想，还真是条无毒蛇。她这才稍稍松了口气，破涕为笑。

这么一折腾，天已经完全黑了下来。三个人开始往回走。刚走了两步，顾彩云停了下来，她冲着二壮比画着，示意二壮背上叶惊风。她的理由是叶惊风怎么说也是被蛇咬过了，走路怕不好，为什么呢？她也说不好。不过，老人们都说，被蛇刚咬过的人少走路。二壮见顾彩云这么说，一抹脑瓜皮，一想，还真是这么个理，再说叶惊风是为救他才被蛇咬的。这么一想，二壮不容叶惊风拒绝，硬生生地把叶惊风背在背上，撒腿就走。要说二壮，还真有把子力气，叶惊风一米八几的大个儿他背上去愣没显咋的，脚下走得呼呼生风。路上，叶惊风几次要下来，都被二壮强硬地拒绝了。

当他们三个回到顾彩云家时，顾老爹正坐在院子中抽着旱烟。见二壮背着叶惊风，着实把他吓了一跳。待顾彩云把事情的原委告诉他后，他敲打着旱烟袋，对叶惊风连连点头说："你这人，心眼就是好。"说完，冲着正在做饭的草花喊着，"她娘，多拿些开水来。"顾老爹明白，被蛇咬伤后，必须多喝水，哪怕是无毒的蛇。

草花应声，马上端来一大碗开水，叫叶惊风喝。叶惊风也真是渴了，在谢过草花后，一仰脖一大碗开水咕咚咕咚喝个干净。顾彩云忙接过水碗，快步去灶房又倒了碗开水，端给叶惊风，示意叶惊风再喝一碗。叶惊风在喝了一大碗开水后，口已不渴了，但他看了看顾彩云期待的眼神，还是接过水碗，一仰脖喝了个精光。

二壮面带羞愧地对叶惊风说："谢谢你，我真是对不起你。"说完，对着叶惊风弯下腰，深深鞠了一躬。这儿的人很朴实，他们很容易被感动，当他们感念一个人好时，真是不知怎么报答才好，他们会挖心掏肝，恨不得把自己最好的东西、自己的一切全部奉献给对方。叶惊风见二壮向自己鞠躬，有些不好意思。他拦下二壮，说："善良是人的本性，谁都不能见死不救。换上是我，你也会救我的。"二壮见叶惊风这样说，想想自己还要同叶惊风打斗，真是羞愧万分。他红着脸，转身对顾彩云说："彩云，你碰上了个好男人，你真有福，我，我……"说到这儿，他好像有些哽咽，再也说不下去了，快步跑了出去。

晚饭过后，叶惊风感觉今天有些累了，就回到屋里，他打算早点休息。顾老爹叼着旱烟袋跟了进来。他拍拍炕沿，叫叶惊风坐下，自己也坐在了叶惊风的旁边。顾老爹吧嗒吧嗒低头抽着烟，像是有话要说，似乎又有些说不出口。叶惊风见顾老爹这样，笑着主动对顾老爹说："老爹，你有话吧。"顾老爹见叶惊风问自己，便不打算再沉默下去了，他又抽了口烟，深深长长地吐出一口烟气，抬起头，浑浊的目光竟有些发亮。他吞吞吐吐试探着说："我打算让我的闺女嫁给你，你瞅咋样？"说完，他像完成了一个使命，长出了一口气，眼睛不敢看叶惊风，竟转向屋外。

见顾老爹这样说，叶惊风感到很意外，也很吃惊。这个事情他从来没有想过，一丝一毫也没想过。顾老爹怎么会有这样的想法呢？

"……"叶惊风一时愣在了那里。

屋外的窗下，正站着准备进屋的顾彩云。听爹这么说，她的心怦怦跳个不停。嫁给叶惊风是她日思夜想的，是她梦寐以求的。她盼望着这一天，她渴望着这一天。自从见到叶惊风第一眼起，她便悄悄地爱上了他。虽然她并不知道那就是爱。但从内心深处她有了他。他像一颗种子一样，在她从未被开垦过的田野上，一瞬间，生根发芽，并以超常的速度茁壮成长。他成了她的全部，她的希望，她的生命。难道是让自己嫁给他吗？是吗？是吗？她反复问着自己。此时顾彩云心跳得更厉害了，像是随时会穿破胸膛，迫不及待地蹦出来。她下意识地捂紧了胸口，继续毫无声息地听着屋里的人说话。

"我打算回去的。"叶惊风的话一字一字清清楚楚落进了顾彩云的耳朵里。她顿时如五雷轰顶，万箭穿心，她一时竟木呆呆地僵在那里。她只觉得天旋地转，脚底突然间就离了地，整个人像是在往上飘。是的，没错，她在往上飘。她的大脑一片空白。她任由着自己的空壳在空中飘来飘去，她已失去了自己。

草花不知什么时候站在了顾彩云的身后，她见女儿一声不吭，站在那里。她伸出手来，拉起顾彩云的手，她发现女儿的手竟是出奇地冰凉，凉得就像是冬日不见阳光的寒冰。她忙把女儿拉向她们的屋里。顾彩云木讷地无意识地跟着草花进了屋。草花把顾彩云拉到炕边，帮她脱掉鞋子，让她躺好。草花坐在顾彩云的身边给她搓着冰凉的手，她想让女儿暖和过来。刚才屋里的谈话，她听了个大概，女儿的异常反应，她是过来人，也猜了个缘由。她长长地叹了口气，像是说给女儿听，又像是自言自语地说："傻丫头。"说完，摇了摇头，眼泪竟落了下来。

另一间屋子，顾老爹还在抽着烟。叶惊风告诉他，他要回去。似乎在他的意料之中，他并没有表现出太多的意外。相反，他很沉着地说："这事以后再说吧。"说完，他停顿了一会儿，想了想又接着说，"你看，你把疯姑的病治好了一大半，她现在都能自己照顾自己了，我看你的能耐真不小。你能不能治治彩凤的脸？"见顾老爹提起了顾彩凤。叶惊风不假思索地说："彩凤的病，得去外面治，你看她打小脸都这样，艾叶灰是最好的方子，对她都无济于事，我看在这儿治，恐怕是没希望的。"

见叶惊风这样说，顾老爹喃喃自语地说："还得去外面啊，这孩子，唉……"顾老爹说这话时，心里很难受。都说知子莫如父，这话说得一点都不假。顾彩凤自卑、敏感的心思顾老爹是看在眼里，痛在心里。因为脸的原因，打小这孩子就不爱往人群扎，虽然这儿的人没有人取笑她，可彩凤就是常常一个人躲在屋里。特别是叶惊风来了以后，彩凤更是不出屋了，就连吃饭都是草花给她端到她自己的屋里去吃。

这个孩子可怜哪！顾老爹眉头紧皱，深深叹息着。

带顾彩凤去外面治病。这是叶惊风打见到顾彩凤那时起，就有的想法。只是他没跟顾老爹和草花说，今天见顾老爹提起，他马上把自己的想法说了出来。他是真心希望顾老爹一家能好，希望岛上的所有人能好。他相信有这么一天，这儿会变好的。他在努力着。

烟在脚底捻灭。"睡吧。"顾老爹倒头躺了下去。

夜就这样悄悄地来，又悄悄地走了。

第二天天刚亮，叶惊风不顾顾老爹他们再三地阻拦，上了山。他要把昨天伐好的树木搬到海滩，他要造船，造一艘大一些的船。

顾彩云担心叶惊风的伤口，悄悄地跟了来。许是昨晚顾老爹的话，让叶惊风多少有些不自然，他再和顾彩云单独待在一起时，心里忽然有了一丝说不出的感觉，是什么？他不清楚。只是内心颇不平静，有了细小的波澜。而顾彩云看起来和往常没什么两样，好像比原先更加体贴，更加善解人意。这倒让叶惊风心里平静了不少。

夕阳沉入大海，天边最后那抹彩云渐渐消散了。叶惊风和顾彩云离开了海滩，回到顾老爹的家。草花已做好了晚饭，正坐在石凳上纳着鞋底，等着他们。

吃过晚饭，叶惊风一个人留在院中，感受微风的吹拂。此时已近中旬，月亮如银盆般地升挂在空中。

月色一片美好。

他眼睛一动不动地看着月亮。思绪像断了线的珠子滚落在海滩上，他努力地想把它们捡拾起来，却发现自己的心跳得很厉害，脸像火烧云般地发烫。这时他的耳边仿若响起方才在海滩上唱的那首"但愿"。

海滩上,他终于坐了下来。

太阳正在沉坠,河水染为橙色。叶惊风的脑海里慢慢地浮现了一首曲子,曲子越来越清晰,越来越明朗,它招着小手站在那儿使劲地诱惑着叶惊风。终于,叶惊风脱口而出。

"远远地天敞开一扇门,听我心愿一声声。悠悠地唱出情谊深,缓缓赶路夜归人。……但愿人间没有凄冷,但愿平安一程又一程,但愿人间没有恨,但愿人间没纷争……"叶惊风一遍一遍地唱着。

顾彩云开始时还静静地听着,后来她跳了起来,她和着叶惊风的歌曲跳起了舞。

太阳在落下去,落下去……

天边的彩云极尽绚丽着它的颜色……

叶惊风还在唱着,唱着。顾彩云还在舞着,舞着。

白色衣裙翩翩飞舞,她宛若天使般地轻灵,她的笑似天使般地纯洁。一只白色海鸟在她身旁掠过,白色衣裙瞬间褪去,她又一扬手,红色的肚兜在空中飞舞。

叶惊风的面前是一丝未着的彩云,是一朵活色生香的彩云。她就在那儿,冲着叶惊风轻轻地笑着,跳着。跳着,笑着。她离叶惊风越来越近,越来越近。

叶惊风停止了歌声,他彻底惊呆了。

白玉般的肌肤,修长的双腿,如玉峰般小巧饱满的双乳,柔软若柳的双臂,纤纤盈握的小腰,无不尽情地宣示着青春的美好。

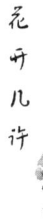

叶惊风的呼吸渐渐粗重起来,身体某一部位有了明显的变化,他的脸滚烫,他的双眸不再幽蓝沉默,两团火苗在里面不安分地跳跃着。

"……"

她没有说话,一双眼睛忽闪忽闪地望着他。里面有她想说的话。他懂。是的。他懂。

叶惊风明白顾彩云眼神里的东西。他什么都明白。

叶惊风微微闭了下眼睛,继而又睁开了。就在他闭上眼睛的那一刻,两团火苗被他眼中的海水迅速浇灭了。再睁开时,叶惊风双眸中的幽蓝映着眼前的彩云。

叶惊风缓缓站了起来。他慢慢地走到白色衣裙跟前,弯腰把它捡了起来。回身,把它披到顾彩云的身上。

太阳已完全落了下去。

顾彩云心里莫名地难受了起来。两颗眼泪啪嗒啪嗒落在叶惊风的脚下。叶惊风揽过顾彩云,顾彩云的头靠在叶惊风的肩膀上,她轻轻抖动着双肩。

"……"叶惊风想说些什么,但终究没有开口。

月亮比方才更加圆了、亮了。叶惊风出神地望着它,望着它。渐渐地他看见了月亮里的人影,人影正在向他一步步走来,一步步走来。他看清了,看清了,那是个女人的身影。身影越来越清晰,越来越清晰。他可以看清女人的脸。女人的脸怎么看起来有些熟悉,就像熟悉自己的脸一样。她的眼睛有着淡淡的愁,淡淡的哀。她就在那儿这么看着他,不声不响地看着他。

她是谁？是谁？我怎么想不起来？想不起来？叶惊风双手抱住头，他的头又在剧烈地痛了起来。很痛，撕心裂肺地痛。

顾彩凤把头蒙在被子里，她没有睡着。她怎么能睡得着？傍晚海滩上那一幕，被躲在石头后面的她看个清清楚楚。她气！她恼！她更恨！她气顾彩云，她恼顾彩云，她更恨顾彩云。为什么是她？是她？不是自己。如果是自己那该有多好！

顾彩凤从叶惊风进家门的那一秒开始，就爱上了他。她想和叶惊风像夫妻那样过活，她想和叶惊风永远在一起。他就像一块吸铁石一样不分缘由地吸引了她，他带给她的是震撼、是好奇、是死去活来。可是，可是，姐姐顾彩云不也爱上了他吗？这一点，她从顾彩云把叶惊风领进家门时，就看出来了。所以，她气，她恼，她摔镜子，她发脾气。可结果又怎么样呢？她无法阻止事情的发展。刚才爹和娘不也悄悄地说，要把姐姐嫁给他吗？恨！在她胸口犹如熊熊大火，她仿佛要被烧焦，要被烧成灰烬。不！她不要灭亡，她不要成为灰烬。她要生长，她要像鲜花般地生长。她要得到他，她要做最后一搏。她不能再沉默下去了。是的，不能再沉默下去了。她已经沉默太久了。毒蛇慢慢地爬上了她的身，一条毒计正在她心中滋长。

世上的事往往是这样，越是吃不着、摸不着的东西，就越想吃、想占有。人的欲望很贪婪、很自私。它就像毒盅里的酒，散发着诱人的酒香，但能让人穿肠而亡，无可挽回。顾彩凤正在喝这杯毒盅里的酒。

顾彩云睡得很香。临睡前，娘悄悄地对她说，要把她嫁给叶惊风。她告诉娘说，就怕他不同意，他说过要回去。娘吐了口唾沫在地上说："彩云,你把心放好了,你爹吐口唾沫都能成钉,还能让到手的天鹅飞了。"顾彩云知道爹娘的性情,她也知道爹娘很喜欢叶惊风,把他看作像神一样的人。顾彩云笑了。她在睡梦中笑了。

然而,她却不知危险正在靠近她,死亡之神正在寻找着她。

当顾彩云从美梦中笑着醒来时,已经日上三竿。她手按在炕沿上,打算起来,却又力不从心地躺了下去,头晕乎乎的,很难受。她不会说话,她只能冲着正在扫地的娘比画着。草花见女儿醒了,停下手中的扫帚,让尘土暂时歇歇脚。她扭脸问彩云:"咋还不起床,叶惊风自个儿去海滩了。"顾彩云指指自己的头。草花一摸,"呀!"吓了一跳。彩云的额头就像是灶膛里熄火的山芋般滚烫。"这是咋啦?"草花像是在问彩云,又像是在问自己。

顾彩云紧皱眉头,嗓子一吞一咽的,显出痛苦的神情。草花嘱咐彩云,躺好了别动,她去沏碗姜糖水来,发发汗就好了。

一碗热热的姜糖水被彩云喝了下去。没多一会儿她就昏昏沉沉又睡了过去。

她看见了叶惊风。叶惊风就在前面,就在那轮圆月底下,笑着向她招手。她向他跑过去。她跑呀,跑呀。可她却怎么也跑不到叶惊风那儿。她急了。她一急就摔倒了。激灵一下,她醒了。醒了的顾彩云立马想到了叶惊风。她一翻身坐了起来。身上出了一层热热的汗,额头也不似先前般滚烫。

她正要下地。一抬头,顾彩凤直杵杵地站在自己的面前。顾彩凤的脸就像雕塑般没有一丝表情。她静静地看着姐姐顾彩云。

"你站在这儿干吗?"顾彩云用亲人间特有的眼神交流,询问着顾彩凤。

然而,顾彩凤并没有回答姐姐的话,她极其平静的声音一字一句说着:"他找你。"顾彩云自然明白妹妹口中的他是谁,忙问道:"他在哪儿?"

"在山上。"顾彩凤依旧很平静,只是她的眼神看上去很冷。

顾彩云没有发现顾彩凤眼神的变化。她穿上鞋子就往外走。

那只叫大黄的狗一颠一颠地跟在顾彩云和顾彩凤的身后。当她们到达山上时,太阳已经开始往西转。

"他在哪儿?这儿怎么没有他?"顾彩云用焦急的目光望着妹妹顾彩凤。

顾彩凤没有说话,伸出手拉住顾彩云往前走了几步。在一个黑黑的、足能下去一个人的地洞前,她站住了。她指了指地洞说:"他在里面。"顾彩云满脸疑惑地望了望妹妹。转而低头往地洞里望去。她万没想到此时,一双手向她无情地伸了出去。

"别怪我。"眼睛狠心地一闭,顾彩凤的手使劲地向顾彩云推了过去。

"哎呀。"顾彩云脚下一个趔趄,直愣愣地掉进了地洞。

大黄似乎明白了什么,绕着地洞边疯狂地叫着。它想把善良美丽的女主人叫回来,可却无济于事。大黄又似乎想到了什么,撒开四腿往山下跑去。

叶惊风回到了顾老爹的家。今天,他回来得很早。他直觉得眼皮跳得厉害,心里也乱得很,似乎要有什么事发生,他便早早地回来了。

刚进院子,他便见大黄从后面汪汪地狂跑了进来。大黄在叶惊风跟前停下，仰着脑袋冲着叶惊风一个劲地汪汪。叶惊风弯下腰，手抚摸着大黄的脑袋问："大黄，你这是干什么？"

"汪汪汪。"大黄继续狂叫着，只是大黄的眼睛里流出了眼泪。

一丝不祥的预感在叶惊风心里直突突。叶惊风直起身子，疾声问刚从屋里出来的草花。

"彩云呢？"

"不知道哇，我也正找她呢。"草花东瞅瞅西看看漫不经心地答道。

这时，顾彩凤进了院。

"彩凤，看见你姐没？"

"没有。"顾彩凤谁都没看，恍若无人般地就往屋里走。

"等等。"叶惊风叫住了顾彩凤。

听见叶惊风叫自己，顾彩凤心里像过电般一阵战栗。多好听的声音，好听得这么让人着迷，让人疯狂。

顾彩凤停下了脚步，转过身来。她第一次面对面地望着叶惊风。

叶惊风紧紧盯着顾彩凤。顾彩凤的眼神在和叶惊风相碰时，忙惊慌地躲开了。她不敢直视叶惊风的眼睛，这更证实了叶惊风的猜测。

"告诉我，彩云呢？"叶惊风一改往日的和颜悦色，厉声问着顾彩凤。

"她长着脚，我怎么知道她去哪儿了。"顾彩凤转脸望着娘。她希望娘过来打圆场。

"你上山了？"叶惊风盯着顾彩凤脚上的鞋子问道。

顾彩凤的鞋子留有上山特有的泥印。

"没有。"顾彩凤眼神明显有了慌乱，双脚下意识地并拢，恨不得把它藏起来。她回答的声音很低很轻,轻如蚊蝇。

"哼,明白了。"叶惊风狠狠瞪了一眼顾彩凤。这时,大黄像是早已等不及了。它张开大嘴,咬住叶惊风的裤腿,就要往外走。

叶惊风会意,跟着大黄就往外走。

草花丈二和尚摸不着头脑,傻傻地站在那儿。身后的顾老爹着急地喊了声:"还不快跟着看看去。"草花这才醒过味来,跟着顾老爹一起追了上去。

太阳还没完全下山前,大黄把叶惊风带到了顾彩云摔下去的地洞前。大黄冲着地洞一个劲地叫唤,好像在呼唤着女主人。

顾老爹和草花也气喘吁吁地赶了上来。

"彩云在下面。"叶惊风说得斩钉截铁,就仿佛刚才发生的事情全部被他看到一样。

"那这可咋办哟?"一听叶惊风这样说,草花顿时失声而哭。

"要不要回去拿绳子?"顾老爹颤抖着声音问叶惊风。

"来不及了。"说着,叶惊风捡起脚下的一小块石头,扔进了地洞。咕噜一声,地洞传来了声音。

"洞不深,我跳下去就可以。"话刚说完,叶惊风纵身一跃,径自跳了下去。

双脚刚落地,借着洞口射进来的微弱光线,叶惊风看见顾彩云果然在里面。

叶惊风一把抱起瑟瑟发抖的顾彩云。顾彩云见是叶惊风,便把身子紧紧扎在叶惊风怀里,双臂使出全身的力气搂住叶惊风的腰身。

顾彩云是不幸的，但同时又是幸运的。她摔下来的时候，正好落在一堆厚厚的树叶上，她这才没有受伤。

叶惊风打量着四周，发现在左后方有一处亮光，有亮光的地方想必就是出口。他抱起顾彩云向亮光处摸索着。叶惊风顺着亮光走着，大约转了几个弯，叶惊风明显感到了风声。

"咱们这就快出去了。"他安慰着顾彩云。

正如叶惊风所料，有亮光的地方就是出口。这个地洞通着一个山洞，山洞不大，他们只要顺着亮光走，就肯定能走到出口。

叶惊风抱着顾彩云走出了洞口。顾老爹和草花还不知道他们已经出来了，还眼巴巴地守在地洞口。叶惊风抱着顾彩云向顾老爹处走着。倒是大黄好像嗅到了他们的气味，飞快地找了来。

叶惊风和顾彩云见到了顾老爹和草花。草花吧嗒吧嗒掉着眼泪说："彩云，你咋回事？吓死我们了。"

顾彩云见爹和娘着急心疼的样子，强打精神笑着说："娘，都怪我自己，不小心掉了下去。没事的，娘。"

顾老爹和草花互相对望了下，彩云的话让他们将信将疑。刚才在院中叶惊风质问彩凤，他们都听得清清楚楚，眼下见彩云无缘无故掉进了地洞，他们心里也明白个大概。这件事和彩凤脱不了干系。只是彩凤这么做为什么呢？原因只有一个，那就是为了叶惊风。

晚上，临睡前，顾老爹把草花拽到屋外，两个人低声商量着。顾老爹的意思很简单，要明天就给彩云和叶惊风办婚事，不能再拖了，再拖下去不定还出什么事哪。草花一个劲地点头，只是不知道叶惊风会不会同意。顾老爹说，都有我呢。两个人打定了主意。

夜晚很快就过去了。

第二天清早，叶惊风吃完早饭，就去了海滩，他要抓紧把船造好。草花在叶惊风走了之后，就开始给彩云收拾。嫁衣没有现成的，草花就用自己压箱底的嫁衣给彩云缝改。一身大红的嫁衣在黄昏时分就被灵巧的彩云缝改好了。本来，草花要动手的，可彩云偏偏要自己亲自动手。

顾彩凤见草花为彩云张罗婚事，早就气得七窍生烟，她的脸紫红紫红的，更加丑陋难看。她去找二壮，她知道二壮对彩云有意思，她想让二壮阻拦，最好把这件婚事搅黄。二壮低着头，眼睛看着脚尖，嘟囔着说："彩云和他挺配的，彩云嫁给他，我也放心。"一听二壮这么说，顾彩凤往二壮身上吐了口唾沫，骂道："你个窝囊废，屎犊子。"说完，扭头就走。

气急败坏的顾彩凤来到了沙滩，她没敢露面，她躲在一块大石头后面，偷偷窥视着叶惊风。叶惊风正干得汗流浃背，夕阳的灿烂金色使他看起来更加美好。他就是亚当，可偏偏夏娃不是她顾彩凤。想到这里，顾彩凤恨得咬牙切齿。眼见自己心爱的男人就要成为别人的了，她怎能不恨。蓦地，她看见了一条小蛇在她脚底刺溜刺溜爬过。有了。她有法子了。她天生不怕蛇，自小就能抓蛇。她就好像是蛇王一样，她只要在山上草丛里轻轻吹几下口号，就会有蛇爬出来，里面还有毒蛇。相反姐姐顾彩云却怕蛇怕得要命。

她疯了般往山上跑去。也许是她心太急了，也许是她心太毒了，老天也看不过去了。她跑着，跑着，没看见脚下出现的地洞，扑腾一声，

她掉了进去。

"救命，救命啊……"微弱的声音从地洞里传出，可惜，此时山上却没有一个人。

太阳渐渐落下去，月亮渐渐升起来。

顾老爹和草花、疯姑、二壮，还有一些村里的人，簇拥着顾彩云来到海滩。顾彩云穿着亲手缝改的大红新嫁衣，头上戴着疯姑为她编织的新娘花环，真是美丽非常。她的双颊似天边的那朵彩云，明亮鲜艳。

叶惊风见顾彩云这般打扮，一下子又来了这么多人，一时不知所以然。他茫然地问："这是怎么了？"二壮笑着推了叶惊风一把说："怎么了？新郎官！今天你娶媳妇啊。"众人也都笑呵呵地随声附和着："是啊，是啊。"叶惊风彻底蒙了。他是新郎官？娶媳妇？他怎么不知道？他傻傻地站在那里，努力地思索着。

见叶惊风很迷惑，顾老爹笑着上前，此时，他嘴上正叼着烟袋。他不紧不慢地说："今，我把彩云许给你做媳妇，你可要好好待她，不然……"他一比画手里的烟袋，众人明白了他的意思，哄的一声都笑了。笑声是善意的，是喜悦的，是热闹的。

这下，叶惊风彻底明白了。自己成了新郎。他不知心里是什么滋味，一个声音从他心里的四面八方传过来，那就是"不，不，不"。他自己也不知道自己为什么有这么强烈的感觉。他只知道自己不能这么做，不能，是的！不能。他仿佛用尽了身上所有的力气，喊了一声："不！"这时，他抬头正好望向正在升起的明月。月中一个女人正一步步走近他，她是那么熟悉，那么近。那是谁？他挖空大脑的每一个细胞，苦苦想着，想着……

"夕月,夕月!"他终于喊了出来。他的眼中流出了泪水。他发疯般地跑向大海。

"夕月,夕月!"浑厚的声音在海上飞越。

一艘军舰从远处驶来,驶来……

它离叶惊风越来越近,越来越近。叶惊风已能看清船上的人,而船上的人也能看清海滩上的人。

船上站着的正是夕月。多日来,他们始终在寻找着叶惊风。风吹乱了夕月的头发,夕月流出了眼泪。她这是在做梦吗?她使劲咬了下嘴唇。沁出的血渍告诉她,这是真实的。

她冲着叶惊风高高地挥动着手。

顾彩云强忍住泪水,她慢慢地、慢慢地摘下了头上新娘的花环。

太阳在地平线上升起

一

您的茶海是否正飘散着袅袅茶香,在嫩绿的茶叶翻滚中,听我讲一个故事,一个在时空里自由地穿梭,在亘古莽原里寻寻觅觅的故事,一个就在你我身边的故事。

"缘来缘去缘又散,有爱太难。待月西楼,有泪何须流,只把梦儿湿透。雨洗残红花已褪,见绿堪瘦。雁字昨飞,远去是红颜,月隐阳光依然。"白底黑字的信息发了出去,艾小玉就顺手把手机拽到了一边。

唐一凡收到艾小玉的短信时,艾小玉正一个人喝得稀里糊涂。月光透过层层的桂花叶,温柔的目光在艾小玉眼前晃来晃去。艾小玉边喝着酒,边对着月光呵呵地笑,笑着笑着,眼泪就像六月的雨铺天盖地说来就来。艾小玉的眼泪也就流在了铺满淡淡桂花香味的青砖上。你说,你是肇事者吗?艾小玉泪眼模糊幽怨地盯着眼前的月光。不是,对你可能是。月光下的身影越来越近,那双熟悉充满了忧伤温情的目光红红地望着艾小玉。喝醉的艾小玉这时感到胸口像是有涨潮的海水似的,压得她有些喘不过气来。其实从一开始,艾小玉就极力控制着自己,极力在逃避着,可感情的事，有时候真的由不得你。它就像那涨潮的浪，汹涌而来，把你卷入其里，你进不得，可也退不出来。艾小玉压抑许久的委屈、迷茫、困惑、痛苦在酒的勾引下借着月光的催促，终于毫无保留地倾泻出来。

月亮无奈地挂在桂花树上，静静地陪伴着艾小玉。艾小玉没完没了的眼泪，让桂花树上的月亮很是难受，月亮悄悄地走了。流下的眼泪在桂花树叶上晶莹流转，滚动下来，艾小玉的身上已是潮湿一片。许是哭得太久，艾小玉昏昏沉沉没有了声响，身边横倒竖卧了一地的酒瓶。

唐一凡犹豫了许久，在车里望着那扇饱受岁月厚爱已铁锈斑驳的旧式镂花铁铜门。唐一凡听艾小玉说起过，那扇门还是艾小玉祖父留下的，老屋拆掉后，艾小玉舍不得丢掉，就把它带到了自己的新家。唐一凡知道，此刻只有艾小玉自己在家，艾小玉在喝酒。在电话里，艾小玉吐着酒气说，我想见你，我只想见到你，就是现在。唐一凡感受到了艾小玉的酒醉和哀伤，唐一凡很是难受，看着病床上昏睡的妻子，唐一凡放平了腔调，淡淡地说了句，见与不见，情已远，就挂断了电话。振动一遍又一遍地传来，唐一凡皱了皱眉，叹了口气，关掉了手机。关掉手机的唐一凡，想了想，叫醒了睡在过道折叠床上的大姐唐一笑。我出去一下。唐一凡的大姐打着哈欠追着问，这么晚了，你去哪儿？别问了。唐一凡转身往外走，唐一凡的大姐似乎觉察到了什么，刚想说点什么，唐一凡已快步走了出去。

唐一凡在门外，就和艾小玉一门之隔，看着月亮一点点地在隐退，又看着太阳渐渐地从地平线上钻出来，慢慢地升起。唐一凡始终也没有勇气走进那扇门，进去了，又能怎么样？只能是越陷越深，注定有缘相知，无缘相守的结局,又何必让爱继续,不如坦然面对。痛苦自己能埋藏在心里,那就不要波及到家人。小玉,对你,我只能心存愧疚,我希望你开心快乐。唐一凡发出信息后,把头埋在方向盘上,心像是被什么揉碎着、挤压着,在一点点地缩小,淌出一些热乎乎的东西。此刻,唐一凡才深深地感受到心如刀绞是什么滋味,那种痛就像是把你猛地一脚揣进黑漆漆的深渊,你绝望地挣扎着,想大声叫喊,想伸手抓住哪怕只是一根稻草,可是你又倾其所能也无法做到,这种痛简直就是要把人撕碎、吞没。唐一凡的肩膀在轻轻抖动着。过了好一会儿,唐一凡才把头抬起来,眼睛红红的,满是痛楚和泪水,长长叹了口气,慢慢地掉转车头。

人世间,太多的遗憾,都是因为有了如果。如果那晚唐一凡没有离开,见到了艾小玉;如果艾小玉没有喝那么多的酒;如果唐一凡和艾小玉没有相遇。可世上的事谁说得清,如果也只是如果——

那天,雨斜斜地下得有些密,身着天青色旗袍款时装裙的艾小玉在楼前的那片海棠花前,忍不住停下了脚步,经过一夜小睡的海棠花,被清晨的微风细雨这么一梳妆,分外水润可人。艾小玉素来喜欢海棠,用她的话说就是,海棠花开,媚而不妖,香而不艳,红而不俗。艾小玉正看得出神,觉得像是有人正朝自己这儿看,艾小玉一抬头,看见迎面走过来那个人正笑呵呵地看着自己,艾小玉不禁脸有点发红,觉得可能自己有点失态了,忙别过脸去朝楼里走,心有点跳得发快的感觉,刚才那个人的眼睛怎么那么亮?好像汪着一汪水一样,走上楼梯的艾小玉的脸犹在红着。

这是艾小玉第一天调到文化局来上班,在办公室里,艾小玉见到了办公室主任何建国。何建国个子不高,有点中年男子发福的微胖,大额头下一双枣核似的眼睛滴溜溜地透着圆滑精神。在常规的几句寒暄客气后,何建国直奔主题说:"局里安排你先到创作室,根据工作需要以后还可以再调整。一会儿,我带你到各科室转转,见见大伙。这以后,你就是我们革命队伍中的一员啦!"艾小玉有些腼腆地说:"谢谢局里的安排,何主任您多费心了!"何建国打着哈哈说:"都是革命同志,万水千山总是情,谁离开了谁都不行,千万别客气!"

创作室是局里新成立的科室,主要是写些文学作品,另外还办了个刊物。何建国说着,就和艾小玉进了创作室。何建国进了屋,话也就进了屋,冲正对门站着的那个人说,唐主任也在哪!又对着艾小玉介绍说,这就是你们主任,唐一凡。艾小玉看到那个人,有些不好意思,脸再次感受到了温度。唐一凡看着艾小玉笑着说:"我们见过了!"艾小玉只得讪讪地笑了笑,没说什么。何建国看了看他们俩说:"你们认识?"艾小玉忙说:"不认识,只是刚才在院里见过一面。"何建国调侃地说:"得,这儿没我什么事了,我回去交旨啦!我可走了!"

"你倒是走哇!这儿没人留你!"唐一凡双手抱肩和何建国开着玩笑。"好!卸磨杀驴!以后再来新人,创作室一个甭想要!"何建国仿佛有点愤愤地说。

楼后的槐花一树浓郁的香味把创作室填充得满满的,创作室在二楼,槐花树的枝丫直伸到窗前,槐花也就开在了窗前。艾小玉在创作室来了快一个月了,创作室人不多,加上主任唐一凡才五个人。唐一凡自己一个办公室,没事的时候,唐一凡挺喜欢待在创作室的。

搞文学创作的人是很有意思的一群人，就连骂起人来也骂得含蓄、婉转、妙语连珠。创作室的"群雄们"闲来无事便来个"华山论剑""大战光明顶"，反正闲着也是闲着。你这儿使出"九阴真经"，我这儿有"乾坤大挪移"；你玩"屠龙刀"，我要"倚天剑"；你能降龙，我会伏虎。群雄们玩得是不亦乐乎。每每这时，唐一凡一杯热茶在手，一副醉卧桃花岛、笑傲江湖的悠悠哉！经意不经意地在刀光剑影里这么轻轻一"挥"，点上一点，水漫金山似的就把群雄们闹得人仰马翻，乐不可支。

"抽空我还真得去西安一趟！"路十一嘴上叼着根烟，没点燃，脑后的马尾辫随着嘴巴的一张一合快乐地晃动着。你个"路拾遗"又闲不住了！创作室的老大姐潘美凤在椅子上动了动发福的身子说。路十一——路拾遗！光从字面上讲，谐音。中国字这么多，叫什么不好，叫这个，这不是向孔夫子挑战吗？路不拾遗——路拾遗——路十一！有点忒不像话！创作室的人对这么名字颇有看法，再加上路十一大大咧咧、啥事都不在乎的样子，路十一也就变成了"路拾遗"。

"听说，那边有和我们同出一族的，还有家谱，好像还在哪个朝代当官的？这我要是能沾上点边也是好事嘛！"

"我看你应该上周口店！"唐一凡接过话，淡淡地说。创作室里除了潘美凤就数唐一凡大了。唐一凡有着40岁中年男子的成熟稳定，处事老练得体，为人圆通灵活，挺拔帅气很阳光的外形！让有点"另类"风格，至今单身的路十一"咬牙切齿"。"既生瑜何生亮"是路十一的口头禅，唐一凡无论是在工作上还是生活上，对这个比自己小着十来岁的单身男同事很关心也很照顾。但就是看不惯他凡事吊儿郎当得过且过的态度，恨铁不成钢，话里话外没少点拨路十一。

"干吗去那儿？"路十一迷惑地问着唐一凡。唐一凡面无表情，没说话。正在键盘上忙活的艾小玉扑哧一声乐了出来，柔声地说了句："有个成语叫'一步到位'！"几秒的沉静后，哗——，一片排山倒海的笑声，新参加工作的苏小小笑得花枝乱颤，忙不迭地推着占据半张脸的眼镜。

唐一凡脸微微有些发红，含着笑的眼神正和艾小玉迎过来的眼神不期而遇。路十一看上去有点要恼羞成怒的样子，手捂着胸口嚷嚷着说："伤自尊了！太伤自尊了！有火罐没？"艾小玉有点不好意思地笑着说："十一，我们没有别的意思，唐主任的意思是怪你总是有一搭无一搭地瞎折腾，替你着急！"

路十一有点坏坏地看了看唐一凡，又望了望艾小玉，脸上表情显得很诡异地说："噢？原来如此！你们倒是很默契、很灵犀哟！"说得唐一凡和艾小玉脸腾的一下都红了，红了脸的唐一凡看了看艾小玉，走出了创作室。

过了几天，到了端午。下午临下班，路十一进屋后，敲着桌子大声说："都别走！晚上，唐哥请客！雁回楼！"

雁回楼是市内最高档的五星级酒店，气派、辉煌、富丽，与之相随的是消费也超级高。"唐哥，今天你是真舍得出本哪！"在酒店大厅里趾高气扬的路十一，颇为"感慨"地说。"AA制，怎么样？"唐一凡扭回头笑着对路十一说，笑里夹杂着一股捉弄人的"愉快"。"别价，咱们谁跟谁？再说了，小玉姐刚来，领导怎么也得表示表示嘛！"路十一嘿嘿几声一脸的坏笑。

在酒桌上，艾小玉第一次见到了程爷。唐一凡把艾小玉介绍给程爷说，这是新来的艾小玉，又对艾小玉说，这是局里退休的程爷。艾小玉向程爷微微一笑，尊敬地说："程爷，您好！"看见艾小玉的程爷，突然怔住了，表情呆呆的，好像在想什么。旁边的潘美凤捅了捅他，说："老程想什么哪？人家跟你说话哪。"程爷这才回过神来，不好意思地冲艾小玉笑了笑，点了点头，算是打了招呼。

大伙一块儿喝了几杯酒后，两腮微红的艾小玉袅袅婷婷地站了起来，有点腼腆地向唐一凡说："唐主任，我不怎么会喝酒，我敬您！"透明晶莹的玻璃高脚酒杯被握在艾小玉雪白细腻的手里，杯里的红酒在和唐一凡的酒杯相碰后，艾小玉一饮而尽。唐一凡看着艾小玉，笑了笑，将满满的一杯白酒一饮而尽。

路十一嚷嚷着说："唐哥，你可从来没和我喝过这量啊！你这是重那啥轻我啊！"这是玩笑话，路十一故意起哄。可唐一凡、艾小玉两人已经被酒气、热气熏得微红的脸色还是不自然地更红了一些。艾小玉绕到唐一凡身边，说："唐主任，我给您倒杯酒。"唐一凡站了起来，很绅士地一只手端起酒杯，另一只手在杯前轻轻挡了一下，这是对倒酒人的非常礼节性的尊重。艾小玉则下意识地一只手握住了酒杯，一只手倒酒。两人的动作是那么默契，两人的手指在酒杯上不经意地碰到了一起，却又像触电般地争着躲开，两人的脸色再次悄悄地有了变化。这一切发生得是那么自然，又那么快速。谁也没有注意到这些，只有坐在那儿始终一声不响，似乎有着很重心事的程爷把这一切看在了眼里，已被岁月皱褶遍布的眼皮上下跳动了几下，程爷轻轻叹了口气，端起了酒杯。

潘美凤也有些喝多了,拍着路十一的肩膀说:"小路,你这个才子,啥时候请我们喝你的喜酒!"喝得说话有点不利落的路十一大着嗓门喊:"不结婚,不结婚,自古才子多痴情,我怕掉里去,现在这样多好!嘿嘿!"

"你净瞎说吧!哪天突然结婚,别告诉我啊!"潘美凤哈哈地笑着。已经喝高了的路十一没理会潘美凤的话,接着自己的话说:"要说,文人里,我最佩服柳下惠,那才叫君子哪!真个坐怀不乱!其余的文人墨客有几个不多情?"

艾小玉不服气地说:"你这话也别太绝对!别一竿子打倒一船人,万事万物都是相对而说。何以见得柳下惠老先生在美女入怀时,没有心猿意马、耳红心热?只不过我们的柳贤人及时调整了自己的状态,用思想克制了行动,进而成全了标榜自己的一个机会!"

"没有不轨就不轨吧,嚷嚷什么!"唐一凡醉意微醺地调侃说,眼神一不留神又和艾小玉碰在了一起,艾小玉浅浅地笑了笑,低下了头,脸绯红如霞。唐一凡看着她的眼眸里溢满了似水柔情。程爷把这一切又看在了眼里。

夏天的雨说来就来,密不透风的雨点就像和谁赌气似的,齐刷刷硬邦邦地砸在车窗上。雨水像瀑布似的顺着车玻璃忽忽地往下直淌,车刷像是急流河水里的两道船桨哗哗飞快地拨打着河水。天黑得像亮堂堂的屋子突然间遮上了一块黑布,黑得让人有点恐惧,车灯在前方打出两道孤零零刺眼的白光。

坐在副驾驶座上的艾小玉,神情紧张地紧紧盯着前方。这一路上,艾小玉始终坐在唐一凡的旁边,其实后边有的是座位,他们开的是一辆

能坐十个人左右的金杯，创作室统共才五六个人。不管后边玩牌玩得多热闹，还是睡得多踏实，艾小玉一直坐在副驾驶座上，陪着唐一凡，时不时地和他说着话。艾小玉的心思，唐一凡自然明了，她是担心他长时间地开车，枯燥疲惫。人和人之间的感应真的很奇妙，自从初次见到艾小玉，唐一凡就有了一种从未有过的感觉，是在任何女性身上都没有过的感觉，哪怕是和他生活了十几年的妻子。这种感觉，让唐一凡很兴奋、很激动，他渴望着每天见到艾小玉，渴望听到她的声音，渴望和她每一次的相处。"身无彩凤双飞翼，心有灵犀一点通"，四十几个春秋，唐一凡终于找到了这种刻骨铭心、穿越时空的感觉。

创作室每年都要出去采风，这次他们去了张家界，连去带回一共五天。每一次出去，都是唐一凡亲自驾车，十几个小时的车路，唐一凡对自己的驾车技术一向是很自信，创作室的成员对他也很放心。这几天他们吃住都在山里的农户家里，吃着野生野长的山菜，喝着甘甜清冽的山泉，吹着清爽自然的山风，和山里人聊着他们的风土人情，大家玩得很开心、很尽兴。往回返时，路十一想替唐一凡开车，唐一凡没让，山路不好走，唐一凡还是自己开着心里有底，毕竟关系着大家的安全。一上车，大家连躺带靠的，很快都睡着了。唐一凡关切地对艾小玉说："不累吗？你去后边睡会儿吧，放心，没事！"艾小玉坚持坐在副驾驶座上。

天越来越黑得可怕，雨越来越下得凶猛。任凭车灯铆足了劲，也很难穿透前方厚重的雨墙。唐一凡把车速降到了极低，因为走的是盘山路，车子无法停下来，再艰难，也只得摸索着如龟般地一点点前行。艾小玉紧张得连动都不敢动一下，好像动一下，车子马上就会承受不住，立即翻下山路，山路下就是黑乎乎的崖底。艾小玉的心怦怦地跳个不停，手心被攥出了水珠，眼睛睁得大大地盯着前方。借着闪电划过的光，艾小玉侧头看了看唐一凡，唐一凡出奇地淡定，好像车子开在宽阔的马路上一样，没有一点紧张。艾小玉的心才稍微放松了一些，轻轻地出了一口气。从前边残喘的灯光和几乎淹没在雨声中的鸣笛来看，前方来了车。唐一凡把车向右打了一下弯，不知怎么搞的，车子突然失控地向路边冲去——

艾小玉大脑一片空白。车子一个前轮已到了悬崖的边时，唐一凡刹住了车。车子也只是刹住了，但是危险并没有解除，车子一个前轮的前半部分已脱离了崖边，处于悬空状态。艾小玉的手不由自主地抓住了唐一凡放在手刹上的手，唐一凡沉着气慢慢地向后倒着车……

时间一秒秒地在走着，在一两分钟后，唐一凡终于将车安全地开出危险边缘，这场惊心动魄，只有唐一凡和艾小玉两个当事人也是目击人知道。车上其他人在雨停了，下了盘山路后，才陆陆续续恢复了热闹。

这次的"患难与共"后，唐一凡对艾小玉说，当时，只要艾小玉一声尖叫，唐一凡就会方寸大乱，也会惊醒一车子的人，慌乱下大家只要有动的，车子就会失衡，摔下悬崖。危险来时，坐在身边陪着他的艾小玉给了他镇定，艾小玉信赖的眼神让他有了超乎寻常的能力和勇气。

艾小玉突然提出了去报社学习一段时间。唐一凡听了怔了一怔，看了看艾小玉，随后说："你去吧！需要我和吴局的地方，我们尽量去做。"话虽然说得很平静，但唐一凡在走向里屋的时候，艾小玉隐隐地看到了他眼睛里难言的痛楚。艾小玉的心在那一霎生生地痛了一下，没再说什么，艾小玉走出了唐一凡的办公室。

艾小玉有艾小玉的想法。因为她发现自己和唐一凡的感情不再只是心有灵犀的感应，而是紧紧地纠缠在了一起，无法分割。这份感情的突如其来，让她有些惊慌，也有些恐惧，她无法抗拒、无法逃避、无法左右。她知道自己不能拥有这份感情，无论这份感情多么纯粹、多么干净，她都已然没有权利、没有资格拥有这份纯纯粹粹的感情。无论是在过去，还是现在，婚姻之外的感情再怎么说也是被人们所排斥、所无法接受的。艾小玉深深地知道这一点，她和唐一凡都是有家庭的人，自己不再属于自己，何能有爱？

矛盾、困扰就像是宁静夏夜里的蚊子，在耳边一个劲地嗡嗡嗡，赶之不尽，趋之不走。艾小玉是一个喜欢想象的女人，可任凭她怎么想象，她也想象不到，在若干年平淡的婚姻之后，还会有如此重要的一个男人出现在她的生命里。曾经以为的心如止水，心无旁骛，他的到来，已是波澜一片，欲静难静，风起云涌。婚姻其实是有着复杂内核的原子，在内部有了波动，外界吸引力足够时，它也许就会裂开，只是瞬间的事。艾小玉无法面对婚外的感情，她为自己的感情出轨深深地自责，同时，强抑着内心的那份相通相知的渴望。

艾小玉只有默默地转身。

二

雨细细的，像断了银线的小串珠，在清清亮亮的河水里晶莹流转。艾小玉水青的长裙在风中飘来飘去。沉默少许。你真的喜欢我吗？艾小玉已是泪流满面。不是喜欢，是爱，从来也没有过的，刻骨铭心！唐一凡语调是那么伤感悲痛。

思念并不是如文人笔下的那般美、那般雅。思念是很苦、很痛的，一件永远也卸不掉的差事。艾小玉饱尝着这份思念之苦。唐一凡同样也饱尝着这份思念之苦。艾小玉去了报社后，两人几乎没有任何联系。可偏偏老天突然觉得闷得慌，和他们开了一个玩笑。那天，艾小玉心情郁闷到极点，给唐一凡发了信息说，这天气似乎有些变了，领导要多注意身体。革命工作只有同志，不分上下属！唐一凡何其聪明马上回复着艾小玉略有微词的信息。可我为什么感受的是严寒哪！艾小玉步步紧逼。严寒酷暑紧相连，只是个人感觉不同而已。唐一凡回复得意犹未尽。哦，感应也不是在每一个人身上都会有的？脸红心跳的艾小玉试探着说。我知道！感应在！但是无奈也在！唐一凡灼热的气息扑面而来。无奈是在！不然也不会有"但愿人长久"的词句让人神伤！艾小玉心跳加速，脸火辣辣地热。那就"千里共婵娟"！艾小玉感受到了唐一凡的黯然。你是肇事者吗？艾小玉的手有些发颤飞速地摁着字母键。不是,但对你可能是。热辣辣的信息提示音让艾小玉的心跳怦怦地加快，血液在血管里不安分地蹿动着，呼吸在加速，从未有过的紧张让她的手指停了下来。在以后的日子里，唐一凡每当想起和艾小玉这段无线过往，心情都难以平复。

时间得到了静止，手机得到了短暂的休息。

雨识趣地吹着沙沙沙的口哨飘飘而来，打破了两人暂时的沉默，唐一凡和艾小玉深深的思念在那条小河边见了面。

你说，在单位你会对我自然吗？艾小玉像个小女生似的有点担心地

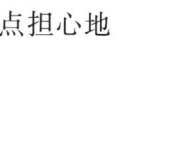

问着唐一凡。你要这么说，那我还就是不自然了！唐一凡呵呵地笑着，眼眸里缱绻万千。艾小玉莞尔一笑，柔情一片。唐一凡对艾小玉有着成熟男人父兄般的呵护，稻草香阳光男孩的顽皮，爱人般的浪漫柔情。在寂寥的红尘一隅，他们邂逅了缘分，但也遭遇了无奈，短暂的昙花一现，余香也只有留在彼此的梦里，是梦就终究会醒。

生活究竟是什么？没有人会告诉你一个准确的答案，因为每一个人的理解不一样，所追寻的不一样。日出而作，日落而息的生活；忙忙碌碌、东奔西跑的生活；灯红酒绿、歌舞熏香的生活；形形色色的众生男女们为爱而爱、为婚而婚的生活。但不管怎样，生活不能脱离的一个核心就是善待生活，善待你爱的人，善待你身边每一个人。

短暂的分开反而促成了感情的直白，逃避已实在没有了必要。艾小玉决定坦然面对一切，要来的迟早会来，该到的迟早会到。艾小玉回到了原单位。

回到单位后的艾小玉，并没有见到唐一凡。

唐一凡接到何建国的电话，问他能否回单位一趟，单位有事让他急办。唐一凡挂掉电话，马上给大姐唐一笑打电话，让她来医院再给盯一下。这两天，妻子烧有些退了，一点点地见好转，唐一凡就非让唐一笑回家歇歇。自打妻子做完手术，唐一笑就一直在医院陪着。唐一凡对唐一笑说："姐，你不用老在这儿，抽空来看看就行，我自己顾得过来。"唐一笑瞪了瞪唐一凡，没好气地说："你甭跟我穷客气，你是谁？你是我亲弟，我是你亲姐，我不疼你谁疼你。"唐一凡就一个姐姐，打小，姐俩感情就很好。小时候，唐一凡很调皮，家里没有因为就他一个男孩而溺爱，相反，管得很严。每次，唐一凡闯了祸，唐一笑就把错全揽在自己头上。唐家是有着很传统思想的家庭，认为女孩大了，自然要嫁人，为人妻母，上伺候老，下伺候小，很不易。所以，在娘家时，能娇惯一些就娇惯一些。对于姐姐的好心，唐一凡很男子汉地拒绝着，大有一人做事一人当的魄力。事后，把唐一笑恨得咬牙切齿说，下次，没人再管你。这话也就落了个说说，故事一直重复到唐一凡去县城读了高中。

回到单位的唐一凡，在外单位整整跑了小一天，才算把单位的事办完。临近傍晚时，唐一凡才回到单位，找吴局汇报事情办理的情况。末了，吴局说："一会儿有个接待，一凡你能参加吗？"唐一凡面色有点疲倦地说："我出来时大夫说，明天还有必要做一个检查，我也没来得及细问，我想早点回去看看。""那也好，有事再给单位来电话！"吴局语气很是关切地说。

从吴局屋出来的唐一凡，在院里碰见正向楼里张望着的程爷。程爷倒背着手，腰微微地有一些弯。程爷虽然是七十几岁的人了，腰板挺得一直很直。今天的程爷看上去比原先一下子显老了许多。"一凡，来，来。"见到唐一凡的程爷很兴奋，高兴地一把拉住了唐一凡。"我炒了俩小菜，咱爷俩好好喝几盅。""改天吧，程爷，今天我没心情。""瞎说，喝酒心情好喝，心情不好更得喝。"程爷像个孩子似的拉下了脸，有些嗔怪，倒让唐一凡想笑。程爷看了看唐一凡，没再言语，自顾自地向大门外走。

程爷就住在离单位只几十步远的一个三间平房的小院里。既说是小院当然不算大，可也不算太小，在如今城中心寸土寸金的位置上能有这么个院子，已经是非常不错的了。小院收拾得干净利落，绿意盎然。颗颗饱满翡翠欲滴的葡萄在一进院门口诱人地炫耀着，葡萄架搭得足有一人多高。顺着西墙爬满了巴掌大的丝瓜叶，在浓绿的叶子下，棒槌大的丝瓜晃晃悠悠地荡着秋千。东墙边则是两架看家的时令菜，翠绿的是黄瓜，嫩红的是西红柿，都已经是风华正茂竞折腰了。天色已有了些黑意，程爷把方方正正的小木桌放在台阶下，端出了两碟炒菜，很清淡，但闻上去很香。"一凡，摘点黄瓜、西红柿，咱爷俩是今朝有酒今朝醉，勿念明日愁和忧！"程爷呵呵地笑着。程爷和唐一凡在小马扎上面对面地坐了下来，小方桌前刚好坐下两个人。

"借着今儿的酒，咱爷俩得好好唠唠。"程爷仰起脖，一饮而尽。"你说，情是什么？"程爷突然间眼睛很亮地问着唐一凡。唐一凡刚到唇边的酒一下子呛进了嗓子眼，这些日子以来消失了的笑在唐一凡略显消瘦的脸上荡漾。"程爷，您是不是想找老伴了！"唐一凡呵呵地笑着问。"胡说！你程爷是土埋半截子的人，咋还有那心思！"程爷脸上堆积的皱褶被唐一凡的话逗得笑开了。

"那怎么了，最美不过夕阳红吗？"唐一凡还在笑。"正经点，别拿你程爷逗闷子！"程爷故意板起了脸。"是！是！是！程爷那您说情是什么呀？"唐一凡像个大男孩似的调皮。

"情是火！"程爷顿时绷起了脸，严肃起来，"燃烧的时候火是会很美，可越是强烈的火往往被现实熄灭得也就越快，化为灰烬。"喝了一口酒，抹了下花白花白的胡子茬儿，程爷缓缓地又说："溪水倒是很平静，过日子嘛，就要把日子当日子过，就要细水长流，才能到头。生活要平静，不要激情！你程爷活了一大把岁数了，信我的没错！"程爷拍了拍唐一凡的肩膀，目光很深邃地看着唐一凡。

唐一凡在程爷意味深长地注视下，脸微微地有些发红，没说什么。咳！人哪——程爷长叹一声，神态有些感伤，其实过日子跟羊吃草没什么两样，望着对面山坡上的草，总比嘴下的草肥嫩诱人，跑过去一转悠，也就那么回事。是你的就是你的，不是你的永远也不会是你的，这就是命！

程爷摇晃着站起身来，拉亮了屋门口的灯泡，微弱的灯光下，此时已是半瓶酒入肚的程爷，越发显得脸上黑锃亮、黑锃亮的，从眼底深处游离出的那份感伤沧桑而又凝重。"喝，喝，一凡，你干了，干了！"程爷端着酒杯，许是上了年纪的人，已不胜酒力，端着酒杯的手腕迫不及待地想摆脱掉中枢的控制，上下抖动着，杯里的酒也就听话地左右摇晃着。"程爷，回屋歇了吧？"唐一凡见程爷精神头不似刚才的好，伸出手来，托住了程爷颤抖的手腕。"没事，这点酒算什么，还赶不上我年轻时的饶头。"程爷一仰脖，酒杯就空了。"一凡，再倒上，咱爷俩今儿喝个够，以后哇，怕是没有机会喽！"程爷苍老的声音裹着离世般的伤感。"程爷，别这么说，您身子骨还硬朗着哪！"唐一凡给程爷的酒杯倒了小半杯。"倒满，倒满！"程爷涨红着脸，破例地对唐一凡下着命令。拗不过程爷，唐一凡只得给程爷倒满了，也给自己倒满了一杯。一饮而尽的程爷，浑浊的目光里明显有了闪闪熠熠的东西。

"人这一辈子，其实，就是自己跟自己较劲，俩字'调整'，调整过来了，坎儿也就迈过去了。所以，该放下就得放下，用你们的词说，说什么来着——感情？"程爷揉着红萝卜似的鼻子头，费力地想着。

"咣"的一声，唐一凡把酒杯重重地砸在桌上，酒在杯里激动地跳

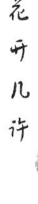

来跳去，痛快淋漓的酒香味在木色的方桌上四散开来。唐一凡红头涨脸。月亮披着红晕晕的纱衣伤感地转过身去，娇小的身影在有点发白迹象的夜空里朦朦胧胧。

"咱爷们儿投缘，程爷和你最对心思，程爷的事不想带着走，今跟你唠唠。"唐一凡困惑地望着他。程爷苦笑着，摇着头说："都是一些旧事，唉，不堪回首。"程爷的神色很黯然，头低垂了下去。

我老家不在这儿，在南边的一个小镇上，那是一个常年有水的小镇。程爷接过唐一凡点着的烟，在烟头一点一点冒出的红晕中，娓娓道来。

知道不？我还上过几年的私塾嘿！说这话时，程爷像个孩子似的很开心。我七八岁时，镇上薛家富户的少爷，和我同岁。说也奇怪，我一个光腚穷人家的孩子，少爷竟非常喜欢和我一起玩。掏鸟窝、下河摸鱼、尿尿和泥巴，很绅士的少爷让我教得样样都会。薛家老爷给少爷找了私塾先生，少爷说什么非得让我跟他一块读。薛家老爷祖上是翰林出身，书香人家，薛家老爷在我们那儿是有名的大善人。一个娃是教，两个娃也是学。我陪读一直到少爷去省城读了中学。我十五岁那年，也就是解放那年的开春，乡下的日子实在过不下去了，正好部队从我们那儿过，我甩下脚上挂着的半拉鞋片子，跟着队伍就走了——

等我再回到小镇，遇见她的时候，已经是十多年以后的事了。我清清楚楚地记得，那年的秋天，雨尤其多，好像要把一辈子的雨都下完似的，那天，天还在飘着毛毛丝丝的细雨，天灰白暗沉。我从乡政府大院出来，直接去了薛家大院。我那时已从部队转业，在离我们那个小镇不远的另一个乡政府上班，算是个父母官吧！其实，打我回来后，就一直打听薛家的消息，毕竟是故人，当年曾有恩于我。薛家大院住满了一家又一家。我在大院里转悠了半天，也没看见一个我认识的人。也是，我走了十几年了，一切都在变。

我寻到后院的一个只有三间房的偏院内，狭小的走廊里，竹椅上的她在看着书。我的到来，她丝毫没有觉察，我故意咳嗽了几下，她抬起了头。我的眼球瞬间停止了转动，她有着江南女子的婉约、柔美、秀丽，更主要的是她骨子里透出的那股子浓郁的书卷气，这是怎样一个女子啊！古典淡雅如墨色的竹影，清新自然如雨后的小荷，我一下子看得呆住了。许多年后，我才知道那就是和她的"缘"。

她站了起来，一身近乎拖地的淡青色水袖长裙，柔顺的长发被风吹得微微有些飘起。小妹，谁来啦！一个年老妇人的声音在帘里传了出来。这个声音，听起来有些熟悉。那个女子冲着我轻轻地笑了笑，轻步走出走廊。我神色有些恍惚地说，我找薛家老爷——

他已经去世了。没等女子说话，年老妇人挑帘从屋里走了出来。那是个面容很安详的妇人，服饰很普通，但也掩饰不住以往的那份雍容。哦——那少爷哪？我突然间有些失落，薛家老爷有恩于我，可以说，如果当年没有薛家老爷的慷慨和善心，我焉能有今天的"衣锦还乡"？

我哥呀，早就出国了——女子柔媚的声音和着院里的那株含雨的海棠被小院些许的清风吹得飘来飘去。你是哪位？老妇人迟疑地问着我。那个女子叫少爷——哥！想必她就是少爷的妹妹，薛家的大小姐，那个当年扎着蝴蝶结，蹦蹦跳跳、快快乐乐的薛小妹。我猜测着。我再仔细地上上下下打量着老妇人，是的，她就是当年的薛家大夫人。虽然过去了十几年，薛家已是黄鹤一去，今非昔比，但几十年的养尊处优，那种贵气已融进了骨子里，大夫人的容貌也并没有太多变化，只是眉宇间多了些岁月的印痕。

大夫人，我声音有些发颤，我是黑娃，和少爷一起长大读书的黑娃——我的眼眶湿润了。见到了大夫人，时间"咣当"一下就好像又回到了从前，就好像又见到了薛家老爷，少爷。

黑娃——

黑娃哥——

大夫人和薛小妹悲喜交加，大家一时激动得不知说什么好。人生一世那真很难说！以往的繁华、以往的荣盛、以往的年少、以往的轻狂，都随着花开花落，碾碎在时光的粉碎机里，雪融入尘，徒染铅华。

在以后的日子，我一有空就来到薛家大院，看看有什么需要我做的。此时的薛家已是树倒猢狲散，老爷在前些年就已经走了。老爷的几个姨太太已经带着各自的儿女们分开单过。大少爷去了国外，就一直没回来，和大夫人在一起过的只有大小姐薛小妹。大院早就归了政府统一分配，大夫人只分得一个小偏院。日子虽不算太艰难，也是坐吃山空，靠着那点体己勉强维持。还好，薛小妹自小学得一手琴棋书画，教点学生，那是游刃有余。她喜欢看书，喜欢诗词，新诗里面尤其喜欢徐志摩的诗。至今，她看书的样子，我闭上眼就像在跟前。

我和薛小妹可以说是一见钟情。在我遇见她之前，并不相信有一见钟情。我偏执地认为那只不过是一种表象的虚幻，是视觉上的审美冲击，感情还是要慢慢培养的。遇见薛小妹，我知道我错了。我见到她第一眼的时候，就有一种"似曾相识燕归来"的感觉，那种感觉就像你做了很多年的梦，梦里经常出现的那个人，这个人肯定不是你生活中的人。她出现得朦朦胧胧、若即若离，美丽婉约。可有一天，她真的不再是梦，而是活生生的人就在你眼前，震撼后的刻骨铭心，一辈子都不会忘记。

我们相爱了。黄昏，我们漫步在随意长满青草的河堤上，看着强悍的太阳在转换成一团黄晕美丽的色彩后，又渐渐从半空中滑落，和河水融为一色。有的时候，我们并不说话，只是静静地坐着，小妹喜欢把柔软的手放到我宽厚的手心里，她说被我握在手里让她感觉很安全、很温暖，她沉醉迷恋于被我呵护的这种感受。我们就那么静静地坐着，直到月光把我们照得很亮很亮，我们才不舍地分开。

我们相濡以沫，惺惺相惜的爱恋被秋叶卷入了冬雪。这期间，我就像一头没了方向的小鹿一样，独自在荒原，被痴迷、痛苦两头小怪兽，两边不休止地追逐撕扯着，我想跳出去，可我被欲望牢牢束缚住，怎么也迈不开步。我没有把我已成家的事，告诉她们。当大夫人问我成家了没有时，我也不知道怎么了，竟然没有正面回答，而大夫人似乎很相信我，也没有再问。直到冰凉的河水把小妹送到河畔，小妹孤零零静静地躺在那儿，我才知道我犯了一个永远不可饶恕的错误。不！那应该说是罪过！

我不知道我妻子是怎么知道我和小妹的事的，我家在妻子工作的地，离小镇几十里，我平时都是住在单位宿舍，忙起来就很少回家。她没有和我吵闹，如果她跟我闹，我也就知道了，我不会让小妹一个人去承受这份难堪的屈辱。她直接找到了小妹，当时小妹正在学校上课，她的愚蠢、极端给小妹带来的灾难可想而知。在那个年月，这类事情是被群起而攻之的，小妹马上就被学校停了课。

悲剧往往是不巧碰到了一起。当惊慌失措、六神无主的大夫人找到我工作的单位，我正好下乡了，去了几十里外的村庄。没有电话、没有手机，有的只是两条不知疲倦的腿。

柔弱的小妹选择了永久的逃避和安静，冰凉清冷的河水把她摇向了另一个世界。她走的那天晚上，并未到月半，可月亮出奇地又圆又亮，发着炫人的黄光，就和她出生那天晚上的月亮一模一样，隐隐的大夫人看见月亮里面那棵桂花树下，一个水袖青衣女子正坐在那儿看书，神情端庄而又宁静。我想，这就是小妹的命。大夫人悲痛过度的眼泪终于流了下来，凄婉地对我说。

小妹带着她的娇弱、凄凉离开了我。我在办完交接手续后，也离开了那个小镇。我也不知道我要去哪儿？我也没有告诉谁我要去哪儿？我就这么盲目、麻木地走着，不知疲倦地走着——

我来到这里，已经蚌壳多年的心告诉我，就是这儿吧！该歇歇了。我凭着一手过硬的软笔小楷在文化局谋得了工作。那年我四十多岁。介绍对象的人也不少，可我的心已经去陪了小妹多年，人如死灰，不想再成家了。我原先的妻子在我离开老家时，一切就都结束了。我无法原谅她，也无法原谅我自己。

这是小妹走前留给我的。程爷哆哆嗦嗦地打开了已经很黄很旧的信封，从里面像掏珍宝一样小心翼翼地取出了一张折叠整齐的仿古信笺，递给了我。唐一凡接过泛黄的信笺，信笺因多年处在折叠、打开的反复操作程序中，折叠处已经是伤痕累累，但几十年的信笺能保存到这样，足以看出拥有者的珍惜。

唐一凡颇有些紧张地打开了这张仿古信笺，娟秀清丽的字一如那青衣女子，字迹虽有陈旧，但依然吐着馨兰的幽香，委婉诉说：

轻轻地我来了，

我在烟雨中走来，

走来认识了你。

烟雨何处归，

认识了你，

我失去了自己。

默默地我走了，

我在烟雨中走去，

走到了你身边。

幽梦何处去，

与你情依依，

我找到了自己。

人这一辈子，总会有不如意事。从肺里冲出的气浪，让他剧烈地咳嗽了一阵，喘息着说，什么是爱？爱就是要成全，就是不在朝朝暮暮，也会想着对方，只希望她会好好的——只可惜，我明白得太晚了！人哪，爱不起时，千万不能爱，伤不起！当年，是我的自私害了她。如果，没有我，她会嫁个好人家，会生儿育女，相夫教子，过着她自己的日子。是我吞没了她的一生！我对不起她！对不起薛家老爷！更对不起视我为手足的少爷！呜！呜！程爷蓄积了多年的老泪终于如决堤的江河奔涌而出——

唐一凡没有安慰程爷，程爷的创伤就像是吞噬沙粒的蚌，在体内靠时间、靠痛苦的磨砺，一点点地、一层层地将创伤包裹，多年的痛苦积压，总有打开蚌壳的那一天，总得宣泄、释放！

云遮住了月，月又推开了云。程爷情绪渐渐稳定了下来，鼻子和眼睛，乃至整张脸都红通通地肿胀起来。当感情偏离婚姻的轨道时，无法言其对错，人和人之间的那种缘分、感应，说到底也就是能引起彼此内心共鸣的那部分东西，是来自灵魂深处的隐藏，是沙漠中的那汪清泉，是森林尽头的那抹霞光。

程爷和唐一凡说着、喝着、笑着，最后没了声响。清凉的雾气把远处偶尔的几声犬吠带进小院，早些年的雄鸡破晓，犬吠晨起，在和谐社会的建设中，城市如今也只能听见几声汪汪声了。可那道冲天的霞光还像很多年前、千百年前、万万年前那样每天说来就来、说到就到。

三

唐一凡回到医院的时候，已是中午，妻子刚刚做完腹腔 B 超探查，结果并不像想的那么糟。主治大夫黄医生告诉唐一凡，病人一定要保持情绪稳定，手术做得应该很成功，至于病人为什么低热不退，伤口愈合得很慢，整个状况看上去也不算好。主要原因应该是个人体质不一样，另外，和病人的情绪关系很大，病人这几天没有受到什么刺激吧？黄医生躲在眼镜后面的目光犀利地盯着唐一凡。没有，没有，就是有点想孩子，哭了几次。唐一凡目光绕开对面的犀利不自然地搭着话。那可不好，病人的情绪变化直接影响术后的恢复，精神疗法在医学界越来越被重视，你让孩子过来，对病人会有好处的。

　　黄医生的话，着实让唐一凡很难受，不安和内疚让他在病房外的长椅上坐下来。本来唐一凡不会吸烟，这些日子以来，烦闷总是如影相随，烦闷的孪生兄弟也就顺理成章地被他夹在手指间。蓝烟缓缓地缭绕，在火红烟头的绝情下，脱离了烟的怀抱。烟头几近走到尽头，火星星点点地落在唐一凡的手指上时，似乎下定了决心，待唐一凡把烟头踩在脚下时，手指已被灼红了一块，疼是唐一凡没感觉到的。

　　外面正飘着毛头雨，丝丝柔柔地吹在唐一凡的脸上。唐一凡深深地吸了几口，斜雨送清风，清凉从胸口一点点向下游走，等脚底也感受到这种清凉时，唐一凡听到了艾小玉的声音。"你不忙了吗？想跟我谈什么？"艾小玉略显平淡的语调里掺杂着委屈，唐一凡自然听得出来。艾小玉是那种透明得让人一眼就能望穿的人，世上有这样一种女人，虽然为人妻母，身体已发育成熟，仿佛也很聪明，可内心很单纯，不会巧妙地隐藏自己，现身于一片清水当中。唐一凡喜欢艾小玉的这份清纯，认为这是她的可爱之处，她让唐一凡感受到了一种从未有过的清新。唐一凡曾经对艾小玉说过，要她保留那份清纯。唐一凡停了停才说道："有些话咱们见面再说，好吗？"艾小玉沉默了一会儿说："其实这些日子以来，我也有很多话想跟你说。"

　　唐一凡的车子开得很慢，虽然这时路上的车辆并不多，这条路是通往郊外小树林的，本就清静得很。小树林守着一条清清澈澈、弯弯曲曲、但并不知名的小河。小河如一条透明的丝巾，紧紧围绕在幽静的小树林旁。

河里有一些普通得不能再普通的小鱼小虾，唐一凡平时没事或心情不好的时候总爱到这儿垂钓、散散步。唐一凡是不太喜欢热闹的人，这并不是说他不合群、古怪。唐一凡认为，玩归玩，可需要静下来时必须静下来，毕竟喧闹对于写作来说，并不是什么好事。那次，也就是艾小玉到创作室一个月后的第一个周末。清晨草叶上的露水还没有来得及赶回家，身着运动装的唐一凡在小河边见到了同样身着运动装的艾小玉。唐一凡看见了艾小玉，艾小玉也看见了唐一凡，两个人同时笑了。唐一凡对艾小玉说："怎么？你也在这儿？"

"怎么了？莫非你来得我来不得？"艾小玉有些调皮地回问道。"这么早就跑这儿来，也不怕不安全！"唐一凡笑声里含着丝丝紧张的关切。"有你在！我怕什么！难道我还怕你不成？"艾小玉说这话时，眼睛孩子似的亮亮地望着唐一凡，嘴边挂着掩饰不住的笑。随后在小河边蹲下来，手指拨动着河水的清凉，"脉脉水无色，青青草生香"，好清新呀！艾小玉完全陶醉了，暖暖的霞光穿过云层，漫过小河，在艾小玉长长的披肩发上俏皮地洒下星星闪闪的银光。转回头，艾小玉一脸清纯、灿烂的笑。"是挺清新的！"唐一凡有点意味深长地说。"唐主任！开始钓鱼了！"唐主任三个字故意拉得很长。唐一凡开心清朗的笑声，再一次在清澈的小河水荡出微波涟漪。

清澈的河水渐渐映出了病床上妻子那憔悴的面容，那一双幽怨的眼睛就那么看着他。忧伤赶走了刚刚溜出来的笑容，唐一凡深深地叹了口气，轻轻踩着油门的脚加大了力度。该说的今天必须说了，该结束的那就结束吧！痛苦谁都会有，忍一忍也就过去了。方向盘被唐一凡的手控制得潮湿燥热。也许是出于女人的敏感，也许是通过别的什么渠道，当妻子在病床上哭着质问他的时候，他不能完全做到问心无愧。虽然他和艾小玉是清白的，虽然他们只是仅仅有了这场突如其来的感情而已。妻子的恐惧和无法接受，是他始料未及的，妻子的病情加重，更是让他深深地自责。他再三向她解释，没什么，真的没什么，再三保证今后不再和艾小玉有超过工作范围的任何来往，更不会有感情的瓜葛——

今天一切真的该结束了，是烟花注定要冷却，尽管它绽放时温暖了寂寞的夜空，可瞬间的璀璨难免归于一片冰凉。唐一凡又加大了油门。

艾小玉早已在小河边了。电话里，艾小玉说不用你接我，你也不用知道我现在在哪儿？你只要到了就可以了。见到艾小玉的唐一凡两眼滚烫狠狠地盯着艾小玉有点激动地说，你为什么要这样？我怎么样啦！我没怎么样啊？我挺好的呀！艾小玉躲开唐一凡灼热含泪的目光，似乎是漫不经心的平静。小玉——唐一凡再也说不下去了。那水洗似的头发，那紧紧贴在身上的衣服，那沾上了泥的鞋，那苍白凄凄的面容，还用说什么，什么也不用说了。两人通话时，艾小玉已然是在这儿的了。

两个人就这么凝神相望着。过了许久，唐一凡回过神来，沉了沉气，用较为平静的语调缓缓地说："我原先说过：'你站在桥头看风景，看风景的人在小楼看着你，明月装扮你的窗前，你装扮了别人的梦。'还记得吗？是梦都是无法触摸的，都结束吧！我们再也不要有交叉点，永远的结束——我只能说也只能做的只有对不起——"唐一凡看也不看艾小玉，一口气把话说完。

艾小玉像是没听到唐一凡在说什么，就这么定定地平静地看着唐一凡，只是眼神里的痛楚，让唐一凡的眼睛很红很红。两个人又陷入了沉默。

一场秋雨一场寒，

绵绵湿透旧罗衫。

浮云不解清风意，

明月伴我小窗前。

艾小玉冰凉的嘴唇一张一翕缓缓地动着，一字一字的，像是一根根藤条狠狠地抽打在唐一凡的心口上。小玉，我——唐一凡想说些安慰的话，心这时却像是掏空了一般，能倒出来的也只有涩涩的泪水。

"什么也别说了，我从一开始就知道会这样，也知道不应该有感情，我也不知道是怎么了——"艾小玉冲着唐一凡，笑如烟花般地突然绽放，又似珍珠般地颗颗坠落。唐一凡再也无法控制住自己的感情，猛地把艾小玉揽在了怀里，泪水溢满了眼底。

"你知道吗？我眼中有了你，就再也放不下——"艾小玉喉咙哽咽着。"我知道——"唐一凡同样哽咽着。眼泪带着前世的温度陪着艾小玉匍匐在唐一凡的肩头。和唐一凡相处的点点滴滴，滴滴点点像汛期的河水猛拍猛打而来。女人的一生，总会有人为你打开心智、情感的那扇窗，这个人或许是父亲或许是伴侣还或许是和你没有任何关系的一个人，这个人会让你去青涩拥成熟，弃任性为平定。冥冥之中，艾小玉的这个人出现了，不早不晚，但显然也不是刚刚好。

"是爱，也不见得都有结合，如果是那样，爱，也不会有魂萦梦牵，刻骨铭心，更不会有那么多流传下来的千古绝唱——我们，我们有太多的责任，我们没有爱的权利，我们都是为了别人而活着，我们要学会坚强——嗯——小玉——"唐一凡的手指在艾小玉的长发上轻柔地捋着,浑厚的声音里透着极力阻止的发颤,下颌爱惜地放在艾小玉的头顶上,泪充盈了唐一凡的眼睛又被生生地咽了回去,一声叹息深长而又无奈。

哭了一会儿,笑在艾小玉眼角渐渐荡漾开来,似眼泪般地流了一脸,略侧过脸去艾小玉对唐一凡平静地说:"其实,我们本来也没什么!我们,我们——也只不过有一段感情而已。"艾小玉把沾着雨气的头发向耳后捋了捋,抬了抬下颌,顿了顿接着说:"就像风一样,匆匆而来,又匆匆而过,什么也没有带走,什么也没有留下——"说完,再也不看唐一凡一眼,径自上了车。

车里唐一凡和艾小玉什么话也没说,也许想说的都已经说完了,也许什么话也不用再说了。车子缓缓地开到胡同口,艾小玉拿起手提包轻声说,可以了。车子停了下来,艾小玉斜过身去,手放在车抠处。

"小玉——"唐一凡突然像要失去什么似的,一下子抓住了艾小玉的手,眼睛红红地望着她。艾小玉对唐一凡浅浅地笑了笑,笑容里有难以掩饰的凄然和忧伤。两个人眼中似有千言万语,却无声相望着。时间似乎停止了转动,空气似乎没有流动,彼此似乎没有了心跳,世界忽然静得出奇,唐一凡和艾小玉就这么静静地待在彼此的瞳孔里。两滴清泪孤独地流了下来,艾小玉在唐一凡的脸颊上轻轻吻了一下,快速地转回头,下了车,头也没回。高跟鞋在铺着青砖的甬路上有力地敲出"笃笃"的声响,惊醒了还未散去的雨层,雨重又飘飘洒洒地坠落下来,陪着想笑的人笑,陪着想哭的人哭。艾小玉的眼泪再也不用伪装,尽情地流淌。拐弯处,艾小玉下意识地略略偏了偏头,一片雾气里犹见唐一凡的车子仍旧孤零零地卧在那儿。

庭院里的桂花爆满满地开了一树,今年的桂花比往年开得晚,也不如往年的饱满,多了几分娇小瘦弱。艾小玉一个人在台阶下的藤椅上半躺半坐,藤椅本来在桂花树下,艾小玉在树下觉得有点憋闷,就把藤椅移开了些桂花树。八月底的夕阳,已然有了秋的味道,淡然的残红调和了暮色的苍凉,艾小玉端凝着天边的秋黄,书摊开在腿上,一任思绪离开脑子,在庭院里不知累地奔跑。

其实,他们并没有太多的机会沟通交流,可就是近乎是少得可怜的短短接触,内心的感应就像是雨后的夏草一个劲地疯长,也似是抹了膨胀剂的草莓拦不住地膨大。在他们的中间有一种很奇妙的巧合和默契,它们就像是两半分开的心,在漂流多年后融合在一起,他说的也是她心里所想的,她说的也正是他所要说的。或者他们根本用不着说什么,匆匆地一望,相互也就明白了对方。

艾小玉就这么看着桂花带着一身的幽香一朵朵地从树上跌落下来,在微凉的青砖上舞着曼妙而又忧伤的身姿。忽然想起不记得是哪位名人曾说过:没有得到的永远都是最好的,美好一如天上的新月小弯钩,缥缈如海市蜃楼,永远是刻骨铭心的痛。既如此,就让我们把这份美好继续下去,我会隔着炊烟灯火陪着你慢慢变老。我们也许会形同陌路,但有心的融合、穿越,足够了。艾小玉静静地坐着。

雁声送秋归,

草荣唤春回。

天地情如此,

伴月人将醉。

艾小玉在月下倒了第一杯酒。夜往往是情绪的摇篮，而酒也往往是痛苦的勾魂使者。你能忘记我吗？你说一定要忘记我，可我知道你做不到！因为我也做不到！你有梦，我也有梦，我们相互走进了彼此的梦里，我们的灵魂得到了碰撞，我们的心已经融在了一起，分开谈何容易！我们分开的只是距离！艾小玉一口口地喝着酒，一点点地想把唐一凡这三个字从心里挤掉、挖走。相爱的人不一定互为知己，互为知己的不见得相爱，可相爱又互为知己，却偏偏不能爱不应爱，这份情何时才能"却下心头"？

你知道吗？你口口声声说伤害了病中的她，可是，受伤的何止是她。我的短暂出现，给她带来的伤害，可能只是几个月，甚至再长一些。因为你并没有真正的出轨，而我也没有非分之想。她终能释怀。艾小玉一杯杯喝着酒，一杯杯的痛苦穿肠而入。可是这段不该出现，不该来的感情，对我却是一生的伤害，一生的痛！艾小玉哭了。

此时的艾小玉只有眼泪是自己说了算的，也只有眼泪陪着她。酒把艾小玉尚存的一点坚强冲塌冲垮，心好似在汪洋中挣扎的一片脆弱的秋叶，毫无招架之力，碎成粉末。心已碎的艾小玉终于拨通了唐一凡的手机，难过，放不下，那是你的事！近乎恼火冷冰冰的话在艾小玉的耳边陌生而又无情地炸开。一时间，茫然、震惊下的眼泪在艾小玉的脸上停止了流淌。桂花簌簌地飞落，像是下了一层霜一样，将艾小玉冰冻起来，艾小玉没有了温度。

唐一凡有唐一凡的苦衷。妻子恢复得如此缓慢，是出乎意料的，是

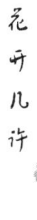

他最难以面对的事。"一凡，优秀的人，会把最珍贵、难释怀的感情深深地埋藏起来，扛过去，将是一生的财富，扛不过去，将是一场灾难。"程爷的话犹在耳边。为了小玉，为了自己，为了肩上的责任，唐一凡只有如此，也唯有如此。至少他认为绝情是目前疗伤、摆脱是非最好的办法。

失落、空白的艾小玉定定地看着天上的月亮，月亮怎么这么圆，就像一面古香古色的铜镜，在诉说着千年的传奇，那朦朦胧胧的黄光是那么美，那么充满诱惑。艾小玉痴痴地望着，隐隐约约的桂花树下，水袖飘起，青衣纤纤莞尔一笑，艾小玉就冲着她笑。渐渐地艾小玉喝得有些醉了，醉酒的艾小玉习惯性地再次按下那个让她情难自抑的号码——

艾小玉醉倒了，不巧的是倒下时头磕在了桂花树下的青石上——

四

云渐渐地淡了，天渐渐地高了。

唐一凡在病房内见到了艾小玉。他是在艾小玉醒来几天后才知道艾小玉出了事。病房内的艾小玉漠然地看着唐一凡，更显清秀的脸上没有任何表情。此时的唐一凡一句话也说不出来，能说什么呢？艾小玉又能听明白什么呢？

她脑部受到外伤，脑震荡造成了失忆。恢复记忆需要多长时间，谁也说不好，也许几个月、几年，或者更长。但这也要看病人潜意识里是不是想忘掉什么，想逃避什么，以至于功能性地不愿意醒过来。主治医生向唐一凡这样介绍艾小玉的病情——

如果伤口没有人为你包扎，如果疼痛没有人为你缓解，那么就让时间成为你的止痛药，也是唯一的疗伤药。在时间的嘀嗒声中，一些红尘遗事也许也会嘀嗒过去——

无可奈何时，也唯有如此；事到唯有如此时，也只好如此。

艾小玉的儿子抱着球，呼哧呼哧跑了过来，头发湿得像刚洗了一样，脸上深一道浅一道地淌着泥水，少年的喉咙喊着说："爸，妈，回去吗？我累了。"

唐一凡默默地看着艾小玉一家在暮色晚霞中渐行渐远，艾小玉天青色的身影被天边的那抹胭脂红色笼罩着，慢慢地移动着脚步。叶在脚下喊出秋的声音，咔嚓咔嚓。秋已经来了，冬还会远吗？一年的结束，也是一年的开始，生命的轮回就是这样一步步走来的。唐一凡的眼睛有了雾里看花般的朦胧。走到唐一凡视野拐弯处，艾小玉微微转回头，冲着唐一凡站着的地方轻轻一笑，唐一凡的眼泪再也没有了坚强，任性地流了下来。人生只因为有了无奈，才会有美丽，只因为美丽，才注定了无奈。幸福、快乐、痛苦、磨难都终将淹没在生命的长河里。

三个月后，程爷走了，走得很平静，也很突然。唐一凡在收拾程爷的遗物时，在唯一的旧式书桌上看见了那张仿古的信笺。在薛小妹诗的下方，程爷的字迹犹在散着墨香：

菩提原无子，

佛祖也无心。

山高人自寒，

何怨有云烟？

唐一凡把这张载满了薛小妹、程爷一生的旧信笺在程爷的墓前化为了纸灰。

又过了两个月,一首叫"初相见"的歌在网络里很走红,曲调婉约而又有离伤之感,词作者无名氏,男,40岁,某市文化局公职人员。歌词道:

记得那年初相见,

青衣水边一笑纤,

恍如隔世般。

月前独饮,

海棠花红似你娇羞带醉的容颜,

顾盼相怜泪无言,

爱恨两绵绵。

寂寞烟花心太冷,

无语对苍穹,

月下梧桐落昼雨,

烟雨落下点点的愁,

你落在了我心头。

今生的守候只为,

千年的回眸。

月一点点在隐退,那道亘古的曙光慢慢地从地平线上划出,升起。薄雾蒙蒙,湿气袭人,唐一凡,依然在那扇门前徘徊。这一带马上就要拆了,艾小玉早就搬走了,也调出了单位,唐一凡已很长时间没有见到艾小玉了。即使见了,唐一凡也不知道今时今日的艾小玉是否恢复了记忆,在记忆中是否还有他的存在。也许学会忘记是一种幸福。世事的沧桑,人生的渺茫,大概也不过如此,以往的眼泪,以往的灵犀,以往的互诉衷肠,到今时今日,已是昨日飞花,如梦一场。情深又几许?奈何不过情深缘浅!生活没有那么多为什么,只有能怎样,不能怎样,这就是生活。

和你相知又相逢,却无缘,只是过客匆匆,小玉,若有来生,你我再相遇,你还会认出我吗?唐一凡的眼泪和草叶上的露水融合在一起,晶莹如那条不知名的小河,扑簌簌滚落在脚下,滚落在叶脉分明枯黄的脊背上,唐一凡仿佛又听见了那咔嚓、咔嚓的声音——

于滚滚红尘中行走,最是在回眸的那一时,刚巧看见了他,而巧的是他也刚好看见了你。如隔世般的乍然相见,没有别的法子,灵犀碰上了心伤,相对无语泪千行,唯有叹息世事太凉,擦肩决定了沧桑。只等夜深人睡去,仰望苍茫,轻问一声:"你,还好吗?"

花开为谁落

我在第一场春雨后
便打开了花苞
独自绽放在枝头
为你守候
我不恋清晨的雨露
不贪黄昏的颜色
只愿与你凝眸
盼你挥袖
把我轻轻地摘落
放在你的心头
那便是我最好的香丘
求一世轮回
诉三生渴求
我为等你
苦苦绽放在枝头

我却在

春的尽头

看见你朝我只是挥了挥手

时光

时光无恙

我已沧桑

岁月任凭昨日泛黄

谁记住了谁的模样

有风送来了花香

蛙鸣在荷塘

谁点燃了秋的海棠

把爱让冬阳收藏

那片美丽的向往

晨

夜太凉太漫长

我辗转从梦中醒来

独自遥望着东方

却看见西月朦胧的脸庞

它眨眨露水般的眼睛

想和我诉衷肠

不知为何又有点迷茫

我挥挥手

和它作别

却看见

从地平线上渐渐跃出的太阳

顿时

我有点欣喜若狂

初升的美

是那么与世无双

它燃起我的希望

催促着我的梦想

我奋笔疾书

撰写着美丽的前方

神化着地久天长

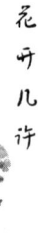

听那雨声

深夜十二点

我无眠

雨也无眠

滴答,滴答

雨打着节拍

隔窗和我对话

雨说

它为什么这么孤独

我笑了

告诉它说

你并不孤独

因为你的到来

梧桐树下才能听细雨

芭蕉叶上有琴声

而我

才能静静地和你在一起

听我说完

雨，落下了眼泪

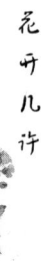

青鸟歌

我喜欢青鸟

喜欢它

啼鸣在晨朝

飞若仙缥缈

我渴盼它

能来到我的身旁

让我轻抚它的羽毛

把爱的口信捎

纵然是天荒地老

我也要红尘一笑

月下弄箫

让灵魂歌唱的女子

我

在一个阳光不太明媚的春日午后

独自一人

翻着书,品着茶

窗外不甘寂寞的柳絮

不请自来

于是

我的身旁便有了像雪一样的东西

我姑且称它为

柳之灵魂

它继续着飘舞

它的样子好像在歌唱

刹那间

我的灵魂摆脱了束缚

和它溶在一处

飘舞,歌唱着

在风的面前

加大了自己的喉咙

你若是丁香

你若是丁香

诉说着芬芳

不羡三月桃花的浪漫

也不恋四月春水的荡漾

只愿和五月地久天长

共话人世的沧桑

你若是丁香

一定有人把你欣赏

因为你是那么美

从不霸占春的风光

哪怕你饱受风欺雨狂

也坚持

优雅地开放

油纸伞下的姑娘

没有雨

你却打着把油纸伞

从我面前轻轻地走过

我的前世

吸附在油纸伞上

伴着你地久天长

你却没有回头把我望

槐花飘飞的时候

你依旧打着油纸伞

从我面前轻轻地走过

我的今生

化身为一朵槐花

在你的发上

你却让它凋落

油纸伞下的姑娘

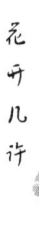

你是否一样把我想

我期望

我的来生

再遇见你

油纸伞下的姑娘

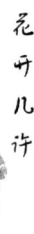

茶

嫩绿在八十摄氏度的水中

展开

缕缕茶香

飘散了前世

留住了今生

窗外瘦笛声声

茶叶继续着翻滚

刺激着主人

敏感的神经

绽放着与众不同

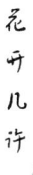

无题

零落的花瓣

裹着破碎的春天

你在春的夜晚

守候着无眠

月光落满你的眼

你揉揉眼

拒绝

月光滚落在地面

和花儿纠缠

你在夜风中

一遍又一遍地呼唤

却被思念占了先

残灯露重

谁和你做伴

掠过红尘

穿越云烟

再把桃花看

一纸墨香

我

在白纸上随意地写着

写过了岁月，写走了时光

发现鬓角有了些沧桑

日历也在一点点变黄

我的心一片迷茫

有一天

我在迷茫中看到一丝光亮

我拽拽纸角

想要把它留藏

却嗅到了一纸墨香

这时，我

终于明白

是谁飞扬了青春

是谁撩动了心房

是谁让梦想在飞翔

我快速地挥动笔杆

写下一纸墨香

影子

阳光落在我的旧藤椅上

我从光的缝隙里

看到我的影子

它好像

没有了从前的慌张

它甩了甩一头

造假的秀发

冲我笑了笑

笑当然是纤笑

我蓦地明白

它,终于

平静在岁月绵长

又是，春天

又是，春天

微雨迎来了双燕

软风吹暖了河面

绿波微漾

几只鹅儿戏水做伴

舒开一幅春的画卷

我打着水青色的伞

走在金华湖的庭园

桃花盛开在眼帘

我停下脚步

向桃花仙子道了声安

发现，桃花开得真艳

我羞红了脸

柳丝轻轻把我的衣裳牵

我掸了掸被柳絮沾湿的衫

好似骑着白马

笑着迈步向前

和绿草相偎相恋

看见

晚霞送别了日圆

月光浮现

我邀请月光

共同泡下一碗红豆

种下一地思念

在春的这天

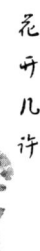

桃花依旧笑春风

那天

我在桃花树下

你路过我的门前

你像火一样

烫伤了我的眼

我听见桃花的心跳

和风的谎言

那一刻

我没有把自己揭穿

今天

我依旧在桃花树下

你却没有路过我的门前

我羞红了脸

此时

我才把自己看穿

已是枉然

若

若有来生

愿为一只蝴蝶

活在阳光下

舞在百花中

为春而生

为情而绝

不必

看穿一切

无情的岁月

缝

我把寂寞

缝在时光里

透过时光的缝隙

看到

昨日的自己

剪掉的长发

随风飘起

如稻草般

在烟火中哭泣

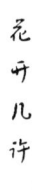

酒

把眼泪留给黑夜

把天空看穿

一切

不过是黑暗的谎言

何必计较从前

三杯又两盏

月下尽欢

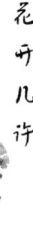

不

隔着时空去约会

我看见星星一样的你

转回头

我却什么都看不见了

孤

在薄凉的世界

我如茶树般孤独地活着

不乞求别人的笑脸

不渴望别人的垂怜

却把深情寄于

一片云烟

开

我相信

人性有美好也有卑劣

就像有春暖也有暴风雪

但不管怎样

要坚强地活着

就算没有面朝大海

也要春暖花开

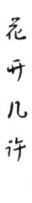

秋

秋

悄悄地来了

我

悄悄地走进

我听到了

叶落的声音和树沉痛的呻吟

我仿佛看见叶子干瘪的身子

在脚下被踩得粉碎

我又仿佛看见红红火苗中

叶的挣扎

我转身

和月亮撞了个满怀

看见碎了一地的月光

月光里

一个蛐蛐欢快地从我掌心里跳跃

我轻轻地

把它放进草丛

发现

我的季节四季分明

无题

叶肥花落，春已去

难堪情瘦

冷雨秋风，又添新凉

怎不愁人

荷立碧水，夜生香

谁自多情

梅傲白雪，轻弹别曲

墨染笺狂

此生几多梦

天高云也长

闲处细思量

薄酒清茶竹篱旁

海燕

大海翻滚着蓝色的火焰

刺破双眼的闪电

伴着魔鬼般的雷鸣

击打着海面上黑色的身影

它是海燕

在暴风雨的夜晚

捍卫着大海的尊严

不怕击穿

勇往直前

海燕

你让我汗颜

泪流满面

我会追随在你的身旁

和你共苦同甘

岁岁年年

拥抱炊烟

风

没有一丝

云

没有一朵

大地宁静在这一刻

我独自一人

站在屋后

看那袅袅的炊烟

轻轻地从我家烟囱里

爬出来

孤独地在屋顶上盘旋

我知道它的心在跳

而且一定是很剧烈地在跳

因为明天

它将永远地告别

告别母亲

告别屋顶

告别天空

它要随着时代的年轮

而去

永不复返

突然

我的眼泪流了下来

我张开双臂

尽情地将它拥抱

在它将消失在天边的这一刻

情劫

三世前

你为塘柳

我为烟

我日夜围绕在你的身边

可你却

视我不见

我终于

被仙诱惑上天

又一世

我思你

坠入凡间

我化身为雨

轻敲你的窗前

你依然视我不见

我的血

染红桃花扇

再一次历劫上天

这一世

我又一次寻你

私下凡间

断桥上

终于和你

把手牵

共抗法海的万丈深渊

影子

我在深夜

无眠

影子

也无眠

它不顾我的阻拦

在街上游荡

城市的灯火很辉煌

影子却

很忧伤

夜风送来花瓣

它也无心欣赏

继续着游荡

尽管我给他它

加足了衣裳

可此时

影子

比夜还冷还漫长

云

云
想下雨
却
披着厚厚的冬衣
云
只好委屈自己
孤独在天空飘来飘去
无奈地
看着春占领大地

拜佛

我在佛前拜了又拜

祈佛送我花好月儿圆

却不小心

起来的瞬间

看见自己破旧的衣衫

心中的树

烟

在他手中

缓缓地燃烧着

丝丝冒着蓝色的烟雾

烟雾在她面前

盘旋着

化为了一棵树

一棵蓝色的树

树移到了窗外

站住了脚

她恍恍惚惚走了出去

却听见

他说

明天就把这最后的一担粮卖了

给你抓药

她紧紧地拥抱着这棵树

泪流满面

附录：人生短句

1. 如果婚姻是一场舞台剧，上半场充满着风花雪月，青春的唯美。那么下半场则是精神上的契合，灵魂的融合以及几十年的患难不舍。

2. 太阳在每一个人身上都照耀，也在每一个人身上都落下。

3. 人生如一叶扁舟，当你行程足够远时，总会有风浪。

4. 人生即能对酒当歌，也能弯腰拾稞，即能车如流水马如龙，也能小巷陋室星独明，一切没有什么大不了，放下就好。余生很贵，别让不值的浪费。

5. 一个女人只有更爱自己，才有机会爱别人。努力吧，女人，放任自己，你连爱的机会都没有。

6. 让刻意的美好成为一种习惯，久而久之就是你的德行。

7. 不愉快的往事不必记在心上，时不时拎出来晒晒，即伤自己又伤别人，于活着毫无益处。就像粑粑，每个人每天都有，可也没见谁把它装兜里，随时拿出来闻闻，都及时冲进了下水道。所以人生就是减法，往事不提，余生不扰，云去月有影，花开露水浓，人在自然。

8. 人生如四季，生于春，长于夏，果于秋，退于冬。一半花开，一半诗来。三杯淡酒，两盏清茶。花开不喜，花落不伤。因缘天定，何须愁肠。

9. 面子是做给人看的，里子时做给天看的，里子做好了才能活下去，活下去就是王道，活好了更是霸道！

10. 莫生气，好好活。像树一样享受阳光，经受风霜，听天外籁音，看花开花落，半在云里半在尘烟。

11. 生活的定义很多，有的人说是诗意和远方，有的说是家庭，要有的说是五味。看多了世态炎凉，看多了悲欢离合，其实，倒觉得生活更像个乌龟壳子，又厚又重，但还不得不背着它前行，无奈，心酸，幸福，都不过是它走过的路，纵有风吹雨打，依旧负重前行。

12. 人生就是一场修行，注定会经历千回百转，走到最后，都要回归朴素和简单，将日子过成一杯白开水的味道，一碗清粥的简单。燃一盏心灯，照亮每一个黑暗的角落，微笑，人生最美的修行。

13. 人应已善良为本，今花不见昨日景，今景岂能见明花。人生贵在放过，更在放下。

14. 无论生活给予什么，都要心中的善良，扬起脸上的微笑，走在前行的路上。

15. 许多年来，一直想来苏州，均未能成行。今至苏州，见小桥流水，白墙碧瓦，恍若回到从前。满城风絮，一川烟雨，道是无情，今又相逢。所有的喜悦和心酸都融进了苏州评弹。若有前世，我当不离不弃，若有来生，我自妩媚多情。

16. 你若强大，人间处处是四月天，你若弱小，便低到尘埃。

17. 不管生活付与我们的是苦难还是幸福，最终我们每一个人都要一步一个脚印，笑着活下去。

18. 生如夏荷，虽盛开，却不咄咄逼人。在热闹的夏季，撑起了生命之伞，用清新，洁净的模样，维护着自己的尊严。小荷出水尘不染，断去藕径丝还连。荷，深入灵魂的执着荷坚强，开落在刹那荷千年。

19. 马儿只有在草原上奔跑，才不负上天给予他们的生命。人只有在良知上行走，才不愧天地，不愧炎黄。

20. 往昔岁月难回头。月升日落，岁月的年轮就这样一步步走过去了，谁也无法让它停留。多少红颜成白发，多少故人难聚首。但不管时光怎样流逝，我们坚信明天的太阳依旧在地平线上升起。

21. 槐花，开于五月。在春末的那么一天，它爆满了整个一棵槐树。它盛开的那么不声不响，但热烈而又奔放。那一簇簇白色的小花，散发着浓郁的香味，在清晨，在黄昏，诠释着生命的本色。它不争，默默地开在春末。它不艳，素面向路人。它柔弱却又坚强着，一如饱经沧桑的老人。一朝风雨来，多少岁月不回头。槐花，心中的花。它会陪伴着我一步步由中年走向暮年，由无知到无欲，由任性到自新，直到又一个槐花飘香的日子。

22. 幸福不是别人拥有什么，我便拥有什么，而是有你在，便抵过所有的拥有。

23. 当第一道曙光划破天际时，我早已守候在它的身旁。那浅浅的鱼肚白像往常一样激荡着我的灵魂，然而我的心却很平静。平静得就像老贝儿门笔下的最后一片叶子，任凭风雨。细想想人生自是起伏自是难定，对错也不必言说，此生但求无悔，只道尽心，不问西东。

24. 风雨之后不一定有彩虹，但彩虹一定是在风雨之后。

25. 一年三百六十五日，花开花落有谁知，看尽红尘君莫笑，只是红颜心未老。昨夜小楼又风雨,临窗独眺三江里,扁舟依旧在,蓑衣已难寻。大江东去终有时,何必泪沾衣。自古今朝有酒今朝醉,晨醒黄鹂枝上啼,相会有期。

26. 岁月可腌制,深情共白头。

27. 人不应纠结于过去,更不能让未来的快乐被痛苦绑架,放飞过往,拥抱明天,我们的岁月才能越来越长,酒才能越陈越香,花才能越开越美丽如常。

28. 当我心中满是喜乐时,我看到的全是花红柳绿,一片祥和;当我心中被忧郁塞满时,我看到的全是灰暗。正所谓,一念恶起,一念佛生。人生就是在不停地自我调整中,唏嘘前行。

29. 人的一生每天都在成长,直至老去的那天,所以我们不要把自己及他人定格在过去,要给自己及别人慢慢长大的机会。

30. 不为难自己,不辜负,岁月时光,浓淡相宜;人心,远近相安。

31. 花开不是为了花落,是为了绽放;生命不是为了活着,是为了活得精彩。

32. 一生一世一痴人,宁静如水花作尘,纱窗有月来相照,床前幽兰吐暗香。何人知我肠?不求多富贵,但念旧人长,是云终散去,清风立中央,把酒菊花黄。秋去冬凉。

33. 人生因为未知而充满美好,因为苦难而变得坚强,因为执着而变得独立,因为恭敬心而变得谦卑。一切都不是起点,更不会是终点,因为我们正在通过自己的努力让人生价值得到充分体现。同时,也愿用自己的实际行动为这个国家和社会多做一些有意义的事情,这也是我们的

终极使命。人生没有一帆风顺，只要我们人还在，就永远不会停止追求梦想的脚步，即使没有人鼓掌，也要展翅飞翔。

34. 谁能解忧，谁能去愁。在淅淅沥沥的雨声中夜更添了几分秋凉。思绪随着雨丝在偌大清冷的庭院中漫无目的地滋长。几分思念，几分天凉，别梦惊蝉秋去后，再添寒意到来秋。叶归乡，泪染黄，小桥断水恨茫茫。无奈人世写沧桑，纵是老鸦恋旧往，烟过云散两彷徨。

35. 愿如云鸟朝你飞去，掠去风烟，掸去浮华，和你静默一处，听流水落花，观沧海桑田，于淡然处成一灵性，于明月处成一素心……

36. 在这个世界，善良而温柔地活着，不亏待每一份热情，也不要讨好任何一份冷漠。

图书在版编目（CIP）数据

花开几许 / 足足著 . -- 北京：中国华侨出版社，2021.1
 ISBN 978-7-5113-8442-3

Ⅰ . ①花… Ⅱ . ①足… Ⅲ . ①短篇小说—小说集—中国—当代②诗集—中国—当代 Ⅳ . ① I217.2

中国版本图书馆 CIP 数据核字 (2020) 第 229790 号

花开几许

著　　者	足　足
责任编辑	姜薇薇　桑梦娟
封面设计	陈丽维
经　　销	新华书店
开　　本	710 毫米 ×1000 毫米　1/16　印张／13　字数／150 千字
印　　刷	天津雅泽印刷有限公司
版　　次	2021 年 1 月第 1 版　2021 年 1 月第 1 次印刷
书　　号	ISBN 978-7-5113-8442-3
定　　价	49.00 元

中国华侨出版社　北京市朝阳区西坝河东里 77 号楼底商 5 号　邮编：100028
法律顾问：陈鹰律师事务所
发行部：（010）64443051　传　真：（010）64439708
网　址：www.oveaschin.com　E-mail：oveaschin@sina.com

如发现印装质量问题，影响阅读，请与印刷厂联系调换。